入間人間
安達としまむら
99
JN075787

［出典］
TVアニメ「安達としまむら」
ティザービジュアル

原画：金子志津枝　指定検査：油谷ゆみ
背景：斉藤雅己　特殊効果：川西美保
仕上：荒井めぐみ　撮影：志村 豪(T2studio)

[出典]
TVアニメ「安達としまむら」
キービジュアル

原画:金子志津枝
背景:斉藤雅己
仕上:中村啓子
指定検査:油谷ゆみ
3DCGI:酒井英之
特殊効果:川西美保
撮影:志村 豪(T2studio)

［出典］
TVアニメ「安達としまむら」
Blu-ray,DVD 第1巻パッケージイラスト
原画：金子志津枝
第二原画：氏家章雄
仕上：荒井めぐみ
色指定検査：油谷ゆみ
背景：斉藤雅己
特殊効果：川西美保
撮影：志村 豪(T2studio)

［出典］
TVアニメ「安達としまむら」
Blu-ray,DVD 第2巻パッケージイラスト

原画：杉村友和
作画監督：金子志津枝
仕上：荒井めぐみ
色指定検査：油谷ゆみ
背景：大石ノリコ
特殊効果：川西美保
撮影：志村 豪(T2studio)

［出典］
TVアニメ「安達としまむら」
Blu-ray,DVD　第3巻パッケージイラスト

原画：杉村友和
作画監督：金子志津枝
仕上：古谷 恵
色指定検査：油谷ゆみ
背景：大石ノリコ
特殊効果：川西美保
撮影：志村 豪(T2studio)

［出典］

TVアニメ「安達としまむら」

Blu-ray,DVD　第4巻パッケージイラスト

原画：杉村友和
作画監督：金子志津枝
仕上：藤原優実/中尾総子
色指定検査：油谷ゆみ
背景：季豊裕
特殊効果：川西美保
撮影：志村 豪(T2studio)

デザイン／カマベヨシヒコ（ZEN）

安達としまむら99.9

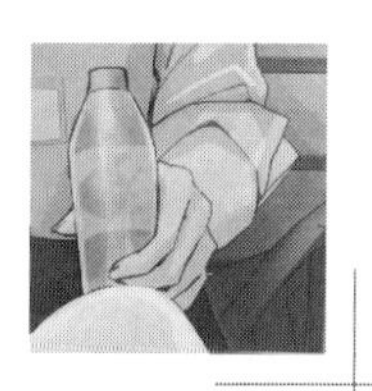

入間人間

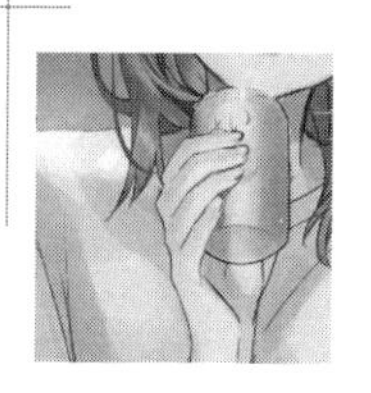

『Chito』

そのおかしな生き物と出会ってから、これで何年目だろう。

正確な始まりを意識しようにも、日付を数えるのはいつからか諦めていた。こいつがいることが当たり前になりすぎて、毎日の景色に変化は薄くなり、流れに埋もれていく。

それくらいの月日は既に経っているのだった。

「どーしましたか」

柔らかい頰を左右に引っ張られたまま、そいつは平然と話しかけてくる。声が喉や口を通って出ていないように抑揚がないのだ。むにょーと、どこまでも頰が伸びていくし。

「いえいえ別に、なんでもございませんことよ」

「そーなのですか」

むにょった頰もそのままに納得してしまう。そしててってこと向かい側に移動する。

本人も座ってから気づいたらしく、伸びた頰をぐにぐに押して戻し始めた。

見なかったことにする。

立てた膝に肘をつきながら、ぼんやりと景色を眺める。

暗闇を裂く爪痕のように、灯りに切り取られた風景だけが映る。かつてを語る建造物を、今も伸び続ける植物が侵食している。この辺りも大分、取り残されてしまっていた。その隙間で息を潜めるように、わたしの呼吸だけが寄り添う。呼吸は落ち着いていて、そしてか細い。鏡など覗(のぞ)かなくても、分かりやすく疲れているのを自覚できる。

歩き回っていて斜陽も見忘れている間に、すっかりと夜だった。

夜は、眠いものだ。

ついていた頬杖(ほおづえ)が外れて、そのまま背が丸まっていく。身体(からだ)よりも意識は更に早く沈んで、泥に埋もれていくようにそれが深まる。生き物はなぜ眠ってしまうのだろう。その間も動いていればわたしは、と途切れるように真っ暗な夜の先を静かに思う。

ずっと歩き続けたら、わたしは、どこまで行けていただろう。

「ところで晩ご飯はまだですかな？」

頬が元に戻ってから、いつものように食事を要求してくる。

それから名前を呼ばれて、程よかった眠気も飛んでしまう。

「チトさん」

「あーはいはい、ちょっと待ちなさい」

催促されて左右を見回し、包みからはみ出ていたそれを一つ手に取る。半日駆けずり回って得た成果を手のひらで包むと、肩のあたりにある重みが増したような気がした。

「ほーらその辺で取れたよく分からない果実だよー」

「んまんま」

冗談だけど。その赤い実が食用に適しているかどうかくらいは知っていて差し出した。こいつはそれを皮どころか、苦いだけの芯まですべて嚙み砕いてしまう。食料が潤沢ではないから真似しようとしたけれどさすがに無理だった。それと、取ってきて平気で食べているから安全なのかと手を出してみた実もあったけれど、食べて数時間後に幻覚と戦う羽目になったこともある。世の中に虹の輝きがかかり、夜が白むほどの幻と相対したことで、こいつが毒見役にまったく向いていないことを悟った。

しかしこいつのかじった実は垂直に削れていて真っ平らだ。どういう歯をしているのか。小気味よい音を立てて芯まで腹に収めたら落ち着いたのか、焚かれた火に合わせるように、左右にゆらゆらと揺れる。その度、髪から漏れた不可思議な粒子が宙を柔らかく舞う。採取しようにも、指に載るそれは気づくと大気に溶けるようにかき消えてしまう。火の向こうから今も、温もりと共に輝きが届く。

「またなにか話してよ」

日が沈むまで移動してきて、今夜はもうとても動く気になれない。

そんな時は、こいつの話でも聞くのが一番落ち着く。

「この間、話してたやつの続きないの？」

「あれですか」

そいつの深い紫の瞳がこちらを捉える。聞いている内に眠れるだろう。

そいつは細くつつましい膝に手を置いて、目を瞑り。

「そうですねー……」

もしもそのすべてが本当であるなら、それは三千七百年も前の小さなお話だった。


「ありがちなんだけどさ、勘違いしてたことがあるんだよね」

「え、うん……なんの話？」

「近所にサンマートってスーパーがあるんだけど、子供の頃、あれはサンマのことだと思ってた。スーパーの袋にちゃんと太陽が描いてあるのにね」

「……そうなんだ」

「うん」

てくてく歩く。今日はなに買うんだったかなぁと、信号を気にしながらおさらいする。イチゴジャムを欲している気がするぞ、と自分の心境も掬っていると、視線を感じる。隣を歩く安達のそれだ。安達が話の続きを待っているように思えたので、一応言っておく。

「あ、それだけだよ」

終わり終わり、と話を締めたら安達が「そうなんだ……」と微妙な態度で前を向いた。

「スーパー行くからスーパーの話しただけなんですけど」

「うん……しまむらはそういうところある」

「え、どういうとこ？」

「……そういうとこ」

どこでい。

マンションからスーパーまでの距離は時に程よい散歩道となり、時にはかったるい道のりとなる。今日は休日なのもあって、良い道。安達と並んで、快晴の下を呑気に歩く。

五月になったばかりだというのに、気温は既に初夏そのものだった。

上を向いて歩けば、汗の一筋も流れてきそうで。

スーパーに入って少しばかり冷たい空気に触れると、安堵に似たものを覚えるのだった。

入り口脇に置かれた籠を取ろうとすると、先に安達が赤いそれを手に取る。

「あら気の利く子ね安達ちゃん」

知り合いのおばさん風に褒めると、安達は神妙な顔つきになる。あれ、と待っていると。

「しまむらのお母さんっぽかった」

「うぇー」

年齢を突き付けられた気がした。嫌ではないけど素直に認めるのも抵抗がある。

「おほほほ、安達さんったら」

軽く肩を押す。安達は申し訳程度に笑おうとしながら、素直に揺れた。

「こんな感じの人は職場にいないの？」

「おほほほはいない……というか、いるの？　どこかに」

「さぁー」

わたしの知るところの最大お嬢様である日野もそんな喋り方とは無縁だ。

安達とわたしは勤め先が異なる。一緒だったら仕事にならない、とは安達の弁だ。学生安達の頃は何をするにも一緒がいいと言っていたから、成長したというか落ち着いたというか……巣立ちさせた親鳥の気分である。それは冗談としても、心の安定を見つけられたようだった。

月日を経て、わたしの気持ちというものが確かに伝わるようになったのかもしれない。

それは安達だけでなく、わたしの方もそういったものの届け方が上達した成果だろうか。

……だと思いたい。

籠を安達に任せて、あれそれー、これそれー、と食品棚の前を巡る。ふんふんふんと野菜や果物を人差し指が追っていく。ご飯前というのもあるけれど、調理もしてない食材の味をあれこれと想像してしまう。その度に、頭の中にカラフルな音符のようなものが浮かぶ。

「しまむらって、スーパーに来ると楽しそうだよね」

「そう？」

指摘されて、スーパーに入ってからこれまでを振り返る。……なるほど、上機嫌だ。

「あれだね、果物いっぱいの棚とか覗くと楽しくない？」

「んー、うん……」

そんなことはないようだ。まぁわたしはわたしで、安達は安達だしな。

改めて、積み上げられたバナナやお行儀よく箱に収まったさくらんぼを眺める。色の賑わいもあるけど、見れば心が浮き立つ。並んだパイナップルの前を通ると、胸に沁みる爽やかな香りめいたものさえ感じてしまうのだけど、それはわたしだけらしい。隣を歩いていながら、安達に見えている風景はまるで別物。食べることに関心のない安達には、この食料品に囲まれた通路がどう見えているのか。

聞いても朴訥な安達はきっと、『え……野菜とかが、並んでる……』と言うのだろう。

まったくもって正しく安達なのだった。

安達がじっと、棚を睨むようにしながら歩く。なにかを見つけようとするみたいに。

「無理しなくていいのよ」

うん、と言いつつも安達は視線を逸らさない。

「しまむらが楽しいのに私が楽しくないのはなんというか……寂しいから」

「……………………」

安達の頭を撫でる。その髪は高校時代よりも少し伸ばしたスタイルを維持していた。

「な、なに？」

「いやなんかかわいいこと言うから」

頭を撫で続けると、むぅ、と安達が不満そうに唇を尖らせる。子供扱いは基本好まない安達ちゃんである。妹もやるとぷっと膨れることが多かったから、少し懐かしい。

そのまま続けていると安達がわたしの手を掴み、どうするのかと思っていたら。

「が、がぶっ」

「わっ」

指先を噛まれた。中指が安達に呑まれる。安達は噛んだまま、汗を浮かべて固まっている。

安達の前歯が、少しずつわたしの肌に溶けていく。

待ってみる。

安達は動かない。この後は特に考えなしのようだった。噛みついて呼吸がままならないのか、安達の顔が段々赤くなっていく。背後の棚に並んだ大根とぼんやり見比べると、その赤みの増していく過程がよく分かった。

目がぐるぐるし始めて困っているみたいなので、指を引っこ抜こうとしたら飛びつくように手首を摑まれる。安達の混迷は更に深まる。こっちまで背中に汗が浮かんできそうだった。

どうしろと。

そんなことがありながらも買い物を済ませて、外に出ると太陽が雲に半分ほど隠れていた。その雲の流れに合わせて、段々と、道路に差す光が消えていく。扉を閉じるように、細くなった光が途切れた。

その景色を突っ立って眺めていると、安達がわたしの空いている手を取ってきた。

「おや」

手の掴み方も上手くなったものだ。以前は衝突事故みたいな勢いだったのに、今は飛行機の着陸くらいの感覚でこなせている。ちなみに離陸は今も下手である。

「荷物多かったから大変だし、やめようと思ったけど」

安達がやや俯きながら説明してくる。なんに対しての説明なのか、少し考えないと分からないのが安達らしい。「そだねぇ」と買い物袋を少し揺らす。

繋いだ手を大げさに振ると、安達が戸惑うようにしながらも一緒に振ってくる。

こういうらしくないのに乗ってこようとするところは、相変わらず不器用で。

噛まれた指に安達の歯の残滓を感じながら、目が合って、微笑む。

安達の指先が微かに膨れるように、熱を帯びる。

「熱くない？」

「あつい」

そう答える安達が耳までほんのりと色づくのを見届けて、笑うのだった。

数日後。会社から帰って、連絡通りに安達が遅くなることを知る。

「がちゃがっちゃ」

一応確認した扉の施錠が答えだった。鍵で開けて、横着に足で扉を押さえながら中へ入る。戸を閉めてからそのまま、靴も脱がないで廊下に倒れ込みたかった。

「誰の目もないし……ああでも、ダメだな」

一度横たわったら起き上がれる保証がない。溜息を漏らしつつ、靴を脱いで揃える。屈んだ拍子に、残っていたエネルギーがぐっと減っていくのを感じた。寝転んだら死ぬけど、座るくらいならいいかと妥協して、その場にお尻を下ろす。足を伸ばし、後ろ手をつく。

「はぁー……あー……」

燃料切れで回らない頭が、何度もエンストする。

「つかれた」

気の利いた表現も思いつかず、率直にこぼした。

歳を経るにつれて、生きることの難易度がどんどん上がっていくのは世の中、上手くできているなぁと痛感する昨今であった。家事とかスーパーめんどい。いい加減に見えていた母親もちゃんとこれをこなしていたんだなと感心してしまう。

仕事から帰った後のこの時間はホッとするより、明日も仕事かぁとげっそりしてしまう感じだった。本当はお仕事疲れたびぃぃぃぃぃと廊下でエビみたいにじたばた暴れたいのだけど、実行すると何か大切なものを失いそうなので自制していた。大体、そんな元気があるなら着替えて夕飯の支度をしろという話である。

「しないとねー」

床を押す。意外と簡単に立ち上がることができた。まだ若いなと確信する。

安達とこのマンションで暮らし始めて、二年か三年。今のところ大きな問題もなく、大股で前進することもなく、ゆっくり歩いて行けていると思う。それは飽きることもなく、早々に答えに辿り着くこともない、程よい塩梅というものだった。

立ち上がった先、漂うのは留まって落ち着ききった空気。ただいまと灯りのない部屋の奥から訪れる静謐さは、実は嫌いではない。

遠くの壁を見つめながら呼吸を意識すると、溜まった疲労めいたものを少し吐き出せるように思えた。それが抜けていく時の温度差に、身体が少し震える。

もっともそれも、いずれそのどちらもが消えることが前提だからだろうけれど。

ずっと失われてしまったとしたら、わたしは、叫んで走り回るのかもしれない。

鞄をリビングに放ってから、楽な部屋着に着替える。一体何年着ているのかというシャツは袖や首回りがゆるゆるで、脇には小指くらいの穴が開いている。これがいいのだ。

出社前に閉じておいたカーテンを開くと、夕暮れの町をお出迎えすることができた。市街地が空と同じ色に染まっている。窓枠に手をつきながら、しばらくその景色と向き合う。空の下を歩いている間はあまり意識していなくて、いかに下を向いてとぼとぼ歩いていたかが分かる。こうして、綺麗なものに気づけて良かったと思う。

窓を開けて網戸にすると、鳥の鳴き声が聞こえてくる。生憎と詳しくないので判別できないけど、少なくともカラスではなかった。妹なら動物全般に知識があるので分かるかもしれない。実家に並べられた図鑑をふと思い出した。わたしの部屋はどうなっているのだろう。

「……さてと」

リビングから台所に入る。冷蔵庫から麦茶を出して飲んでから、なに作りましょうねぇと独り言をこぼす。食事当番は一日交代になっているけど相手が忙しい時期は臨機応変に対処する。今週はわたしの番が続いていた。安達の仕事が忙しいというのは、まぁ結構なことだ。

「お金は大事だよーっと」

歌いながら冷蔵庫を覗く。休日に買い溜めした食材を眺めて、何を作るか思案する。安達は食事というものにおよそ興味がないので、献立を考えるのが大変だった。どうせ作るからには喜んで食べてもらいたいものだけど、安達は黙々と箸を動かすだけで表情は極めて冷静、聞かれたらどんな料理でもおいしいと返す……そういうお相手なのだ。

ちなみにリクエストは聞くだけ無駄である。なんでもいいとしか言わないから。聞くと一応は考え込むけど過程はどうあれなんでもいいに帰結するので、その辺のやり取りは端から省略してしまった方が効率良い。

安達母の気持ちも今更ながら少し共感できる気がする。安達は難しい。

じゃあそんな安達は何に興味があるのかというと。

「……照れるぜ」

昔も今も、そこだけは変わらない答えがあるのだった。

「うどんはどうですかな」

「わっ」

なんの前触れもなく、急に隣に出てきたやつに驚く。はーい、とそいつは元気に短い手を上げている。今日は牛柄のパジャマで、被ったフードから柔らかい角が生えている。

角の生えた牛って実物を見たことないなぁ、とそんなことを思った。

ヤシロである。実家に居候する謎の生き物は、神出鬼没に夕飯を狙いに現れる。

「いたのあんた」

「お邪魔しますぞ」

「鍵をかけてたはずなんだけどねぇ」

「はははは」

軽やかに笑って流されてしまう。床から生えてきたとしか思えない。こいつならできそうだ。

「悩めるしまむらさんにあどばいすをしてみました」

「そりゃどうも」

「とはいえなんでもよいのですが」

こいつのなんでもいいの意味は安達とちょっと違う。かつんかつん、と薄い水色の歯が噛み合って鳴る。わたしを見上げるその背丈に、高校生の頃よりも更なる差を感じた。

「で、なんでうどん？」

「お昼にてれびで見ました」

「うーん、安易」

うちの母親の影響だろうか。角を摑んで揺すって「あうあうあう」満足して離す。

冷蔵庫にあるうどんの袋を数えて、ああやっぱりと思う。

「うどんだと、あんたの分を考えると麺が足りないね」

「それは大問題ですな」

ヤシロも背伸びして冷蔵庫を覗き込む。上から下まで丹念に確認して、一番上の棚にチョコレートを見つけてしゅばっとジャンプ、伸ばした手をすかさず打ち払う。ヤシロの手はなにも摑むことなく空を切り、そのまま床に着地した。

「腕を上げましたなしまむらさん」

「ふふふ」

勝ち誇る。それより今、ヤシロがわたしの身長より気軽に高く跳びあがったことを気にした方がいい気もするけれど、この際見なかったことにした。ヤシロの肩に手を載せて押さえつけながら、一緒に冷蔵庫の前でうんうん悩む。

「あんた、お昼はなに食べたの？」

「桃をいただきました」

あまり参考にならなかった。昨日炊いたご飯の残りを入れた丼を出して、睨めっこして。

「チャーハンでも作るか」

うちの母親も、困ったらチャーハンを作る人だった。

具材を多めに入れればご飯の少なさもごまかせるだろう。

「わー」とヤシロが安易に喜ぶ。多分、なにを作っても同じ反応だろう。

「後は味噌汁……粉末の在庫よし、後はそうだなぁー……」

「お箸を並べますぞ」

棚から出した箸を握って、てってってと走っていく。気が早いと感じつつも、意外だ。

「手伝うようになったの。えらいじゃん」

「しょーさんにお手伝いをよく頼まれますからな」

くっくっく、と得意げに箸を並べていく。見ていて、力が抜けて、ついでに笑う。

「妹はどう？」

「どうとは？」

「そうだねぇ……」

どう聞けばいいのか、一瞬悩んで。

「お菓子いっぱいくれるかな？」

「もりもりですぞ」

そりゃよかった、とまた笑う。それから、こいつに貢（みつ）いでいる妹の小遣いを若干心配した。

「あ、スプーンも持って行って」

「はいはい」

あっちへこっちへとヤシロがとてとて走り回る。テーブルに並べると、すぐ戻ってくる。その詰めてくる距離がとても近い。そしてなにかを期待するように見上げてくる。

「なに？」

「お手伝いすると、しょーさんはご褒美（ほうび）をくれますぞ」

「へー」

「わくわく」

口にまで出す分かりやすいやつを見下ろして、その頭をがしがし撫（な）でた。

「ほほほ」

満足したようだった。

「……うーん」

なんだかこっちが気まずくなったので、飴（あめ）を一つ渡しておいた。

「がりがり」

「噛むな」

すぐなくなっちゃうでしょうに。

やることのなくなったヤシロが台所をうろちょろする。

「邪魔」

「おや」

「テレビでも見てなさい」

背中を押して台所から追い出す。ヤシロは諸手を挙げて、わーとソファに向かう。そのまま飛び乗って寝転がり、テレビの電源を入れた。チャンネルを次々に替えて、食べ物の映像を見た瞬間に止める。だと思った。本人の素性からすると砂嵐の画面からでも情報を引き出しそうなものであるが。

「安達さんは遅いのですかな？」

「ちょっとね。安達は真面目だからなぁ」

いやわたしだって真面目にやってるつもりなのだけど。でも安達は高校生の頃からバイトなんてものをこなしていたし、働き慣れているのかもしれない。実際、安達の方がお給料には恵まれていて、家事も分担しているとなるとちょっとしたヒモ気分だった。

一緒に暮らすことを決めてから、色々と話し合った。どこに住むかとか、共働きにするのかとか。冷蔵庫の大きさを決めるのにも悩んだし、テーブルの形も、ソファの色も安達と相談した。ちゃんと話さないと安達は、しまむらの好きなので、の一点張りになってしまうからだ。安達は自分の行く道や生きる上での選択をわたしが決めてしまっても、まったく問題ないみたいだ。

それは別に、悪いことではないのだけれど。

見たい番組がすぐに終わってしまい、ヤシロはそのまま寝息を立て始める。妹が言っていたけど、まさに人の形をした猫だ。隙あらば寝る。まぁわたしも昔は人のことは言えなかった。今はさすがに気ままに寝てもいられない。休日を除いて。

「この間、安達にほっとかれたら昼過ぎまで寝てて呆れられてさ……」

「じだらくですぞしまむらさん」

「その潰れたほっぺたには言われたくない」

後、横着に眠ったまま平然と会話するんじゃない。

玉ねぎの皮を剝いて刻み、炒める。安達が帰るまで時間があるから、下ごしらえだけしておく。うちのチャーハンにはいつも玉ねぎのみじん切りが入っていた。だからわたしも入れる。血なんて大げさなものでなくても、受け継がれるものはある。

家族でも友人でも、どんな些細な人間関係でも。

「いい匂いですねー」

「そーね」

「ぐぅすぅ」

「寝るか喋るかどっちかにしなさい」

頭の半分だけ休ませて残りは動いているのだろうか。そんな鳥もいると聞く。

鳥ができるのなら、他の生き物ができても不思議ではないのかもしれない。

下ごしらえを済ませて、寝転ぶヤシロにタオルケットをかけてから、ソファの端に座る。疲れが身体の半分に溜まっているように重く、肘掛けに寄りかかる。頭が傾く。回る視界の向こうにはまだ斜陽があった。口を開けたまま、傾いた町の風景を楽しむ。

少し見方を変えるだけで、変哲もない町が揃って宙に飛ぶ。

視覚というのは……なんというか……娯楽だ。

「カレーのような色ですね」

目を瞑ったままヤシロが言う。どこでなにを見ているというのか。

「カレーねぇ……」

食い意地の張ってるやつらしい例えだった。でもカレーの色にしては少し薄いように見える。

こういうのは。

「飴色って言うのよ」

なんで飴色と言うのかは知らない。水飴の色だからだろうか。

「ほぅほぅ」

「そうそう」

「あめもおいしそーですね」

「それしかないんかい」

この、と小さな足の裏を突っつく。ふにょふにょだった。

「すやぐぇー」

寝息も雑になってきた。全体的に適当な生き物である。

それとも、生き物を適当に真似しているだけなのか。

夕日が沈んでいくと、わたしもやることがなくなる。こういう時、昔の自分はどうしていたかと振り返ると……わたしも寝るか、とソファに足を載せかける。でもあれだ、これだと仕事に精を出す旦那を寝て待つような構図になってしまう。若干、抵抗あり。

やっぱり帰ってくるまで起きて待っていた方がいいだろう。となるとこのだらけた姿勢は駄目だ。座ったままだと確実に寝てしまうので、立ち上がって体操を始める。

ラジオ体操を思い出しながら伸びをしたり、跳ねたりしてみる。続けていると、いつの間にか起き上がったヤシロも隣で同じ体操をこなしていた。目は瞑ったままだ。

「てーんてーててーてー」

「あれ知ってるの？」

「しょーさんとよくやってますぞ」

「ああそんなこともあったかも……」

夏休みのラジオ体操の会場から、妹がこいつを連れ帰ってきたことがあった。今や連れ帰る必要もなく大体家にいる。ふらふら踊るように動き回るそいつを見ていると、水滴が心に垂れて心地よい冷たさを覚えるようだった。

そんなこんなで眠気と時間を潰して、夜も深まった頃。

「む、帰ってきましたな」

「あれほんと?」

結局眠っていたヤシロが片目を開けてそんなことを言う。どう感知したかはもう今更問わないとして、今までの経験上それを疑う余地はない。立ち上がると丁度、怪しい生き物と違ってちゃんと呼び鈴が鳴った。応えて、玄関へ向かう。

「おかえりー」

「ただいま」

旦那もとい安達(あだち)が帰ってきたのは、八時近くだった。昨日よりは早く、そして疲れた顔をしていなかった。顔にかかっていた前髪を邪魔そうに払った後、安達(あだち)が息を吐(つ)く。

「お仕事ご苦労様」

「しまむらだって働いてるのに」

そこで安達が少し笑う。靴を脱いで、それをわたしの靴の隣に並べた。

並べると、安達の方が少し足が大きいことが分かる。というかわたしに安達より大きい部位はない。わはははは。人間の器はどうだろう。姉を長年やってきた経験から僅かに勝っている可能性を信じたい。

「んーどうかなー」

「え、なになに？」

「なんでもないなー」

かなり強引に流した。それよりも、と安達の鞄を預かる。なかなかに重い。

「疲れたでしょ」

「うん」

素直に頷いてから、目を泳がせる。それから、しきりにまばたきをしてわたしを見た。

「……なに？」

「し、しまむらの顔を見たら疲れが吹っ飛んだ……みたいな」

咄嗟の思いつきを言葉にしようとした安達が、中途半端に照れる。

そんな恥じ入る安達を見ていると、なるほど、こちらの疲れも少し忘れそうになる。

「じゃ、元気なとこ見せて」

「えっ」

無茶ぶりに安達が固まる。こんなやり取りを一週間に一回はしている気がした。

しばらく停止していた安達がやがて、顔を上げてわたしに抱きついてきた。

「お？」

「よっ……と」

「おわわっ」

「げ、げんきー」

安達がわたしを持ち上げながら、精いっぱいの笑顔を浮かべる。

力を込めた安達の腕の硬さを背中に感じながら、浮いた足を振って、笑う。

些細なやり取りに笑顔がこぼれる。それが今の安達との関係だった。

わたしを下ろした後、安達がへろへろと弱々しく笑う。

「げ、元気だった」

「なけなしの元気をすまないねぇ」

よよよ、と泣き真似をしながら、安達から受け取った元気を感じた。

「それはそれとしてそんなに重かったですかわたくし」

「そ、そんなことない……と思う」

分からん分からん分からない、と安達が早口言葉みたいに流した。すすす、と滑るような早歩きで逃げていく。すすす、と追いかけたら走っていった。まだまだ元気いっぱいのようで安

心した。した後、わたしも走って機敏さをアピールした。

「おかえりですな」

「あ、またいる……」

「こんばんはですぞ」

安達がソファに座るヤシロに挨拶されて、足を止める。その目立つ頭を眺めながら、

「さっきの聞いてたかな……」

「げんきー」

飛び跳ねるような音が真っ直ぐヤシロに向かっていった。

「ひゅほほ、わたしも持ち上げていーですぞ」

「しない」

安達に頬を引っ張られながらヤシロは笑っている。

仲良くなって結構なことだった。二人が遊んでいる間に、安達の鞄を置く。

「着替えてきてよ。その間にご飯作るから」

「うん、ありがとう」

安達が奥の部屋に向かう。頬を好きに引っ張られてほっとかれたヤシロは広げた巾着みたいな顔のまま、並べてあった箸を両手に「じゃきーん」と構える。

「楽しみですねー」

「待ってる間にほっぺた戻しなさい」

「おっと」

もにもに揉んで戻し始める。粘土かあんたはと軽く流しながらチャーハンを作り始める。

「そーいえばしょーさんもお料理をべんきょーしてますぞ」

「ん、そうなの？」

「おべんきょーしておいしいお菓子を作ってくれるそうです」

「そりゃ楽しみだねぇ」

わくわくですねーとヤシロはその日を待ちわびるようにニコニコしている。

ちょー愛しているな、我が妹。

小学生の頃は同年代の友達同士みたいで微笑ましかったけど、今は……姉妹？

これが更に五年、十年と経過したら一体、どんな関係になっているのだろう。

妹が大人になっても、ヤシロは今と特に変わらないのだろうという予感があった。

そんな虫食いみたいに穴だらけの未来に想いを馳せながら、夕飯を用意する。

荷物を置いて着替えた安達も、丁度出てきた。

「おつかれ」

「うん。でも大体終わった」

席に着きながら、安達がそう答える。並べた料理を一瞥した後、わたしを見た。

「来週は私が作るから」

「それは楽しみですねー」

早速もちゃもちゃ食べながら、ヤシロが喜ぶ。安達は困惑して、ヤシロは構わず食べ続ける。

「ははは……」

目を逸らし気味に笑い声をこぼす。でもこうして並んでいると子供みたいだ、とちょっと思った。昔は妹みたいなものだったのに、今では親子くらいの差になってしまって。

「……いやいや」

髪の色を筆頭に一切似ていないので、子は少し無理があった。

「はい？」

スプーンごと呑み込みそうなヤシロが、視線を察したか顔を上げる。

「なんでもない。おいしい？」

「うんめーですぞ」

本人なりの表現で満足を伝えてくる。

「ママさんの味に似てますな」

「そうかな？　んー、ま、そうなるか」

慣れている味だし。本当は安達の好みに合わせた味になっていくのが自然かとも思うのだけど、安達にそういうものがないのだ。苦いものは敬遠しがちだけど、それ以外は淡々と口に運んでお終いである。わたし以外の人間への対応くらいに味気なかった。

「おいしい？」

同じ質問を安達にも振ってみる。

「え、うん」

安達の反応の淡泊さに苦笑する。安達も数拍置いてはっと察したのか顔を上げる。

「お、おいしー」

安達が空気を読んだ。

「……ですぞ」

「そこは真似しなくてもいいんじゃない？」

これの、と頭を軽く叩く。叩かれた方は食べるのに夢中だったのか、きょろきょろした後に
「ははははは」と意味もなく笑いだした。こういうところはたまに、普段とは別の意味でおかしいと感じる。なんていうか、パターンが嚙み合っていないというか……適当だ。

そんな感じに、三人で夕飯を取るのだった。

「では帰りますぞ」

夕飯を食べつくしたヤシロがささっと手を上げる。いつものことだ。

泊まっていくことがあまりないのは、しょーさんが寂しがるものでとのことだった。

「妹によろしくね」

「何をよろしくしましょう」

「あー機微とかそういうのめんどくさいな……よろしくって言えばいいや」

「はーい」

多分、妹は意味が分からなくて困惑するだろう。わたしも分からない。

「気をつけて帰りなさいよ」

「はいはい」

「周りの人にも気をつけろってことだからね」

どういう理屈か、ここから実家まで走って帰っているのだとしたら相当に速い。誰かにぶつかっては危ないし、見つかっても危ない。どちらかというと、周りの人たちの方が危険だ。

そうしてヤシロはただ飯食らいの異名に恥じることのない来訪を終えて去っていった。多分、帰ってからも実家でなにか食べると予想する。一日中食べるか寝ていて、かわいいゴリラもいたものである。いや自然界のゴリラがかわいくないというわけではなく。

「なんの話だろう……」

首を傾げながらリビングに戻ると、安達がソファに寄りかかってぐったりしていた。

「安達？」

「ん……ごめん、ぼぅっとしてた」

安達が身体を起こす。お腹が落ち着いたら、疲れが出てしまったようだった。それを見て、目を泳がせて、動く。まずは隣に座った。

それから、安達の肩と頭を抱き寄せて、こちらに横たわらせる。

安達は抵抗なくわたしの膝の上に収まった。

「疲れが取れるか分からないけどお試しで」

膝枕されている安達の髪を指で梳く。わたしの指の動きを安達の目が追う。普段なら動揺するなり目を回すであろう安達も、今は身体が怠いのか反応が薄い。

安達の目が沈むように動かなくなり、それから。

「ほっとする」

「それはよかった」

そうした安達の言葉の選び方を、わたしは心地よく感じるのだった。

正面の台所に積まれたままの洗い物は、ひとまず棚上げにしておいた。

背中をさするようにゆっくり撫でていると、安達は瞼が重くなったように目を閉じていく。

目を閉じたまま、寝言でも紡ぐようにむにゃむにゃと唇が動く。

「しまむらは、仕事は、どう?」

「んー、普通。いつも通り」

取り立てて目立つ活躍をしているわけでもないので、そう答えるしかない。

社内ではほどほどさんと言える。学生の頃とそのあたりは変わらない。

「そっか」

「うん」

取り留めなく返事をしながら、足の先を軽く揺らす。少しの沈黙が生まれた。

安達はそのまま寝入るかと思ったけど、もう少し粘る。

「もっと気の利いた聞き方がありそうだけど、私はなんか……話が上手くならないな」

安達が自虐するように呟く。

「昔よりはしっかりしてると思うよ」

「そう?」

「そりゃま、昔の安達ちゃんはね」

あははー、と数々の言動を思い出して笑う。その思い出は夜空の星より多い。

「なにその笑い……」

「楽しいから笑いました」

「昔は……ちょっと落ち着きがなかったかもしれないけど」

「ちょっと?」

「What?」に通ずる発音になってしまう。安達は寝たふりをするように黙りこくる。

その単純なごまかし方に、うひひ、と笑ってしまう。

でもあの頃から一生懸命さには一切の陰りがなく、それが伝わってくるから、わたしは安達の話をいつまでも待てるような気になるのだと思った。

「仕事をがんばって……ちょっと落ち着いたら、またどこに行くか相談しよう」

口を動かすのも億劫そうに、安達が話題を変えてくる。

「旅行先？」

「うん」

いつかの日、安達と共に行こうと決めた場所。

漠然とした、遠く。

成長の象徴。

「正直行くところはどこでもよくて」

「うん」

「しまむらと行くのが一番大事」

「そうねぇ」

言ってはなんだけど安達が一人で旅行しても、なんの楽しみも見出せそうにない。安達がわたし以外のことで楽しいとか、そうした前向きな感情を持つのを想像するのさえ難しかった。自信過剰にも思えるけど、実際、それくらいの感情を安達から受け取っている。きっと安達の指先から繋がる半身のようなものなのだろう、わたしは。

「今度の休み、どこか行こうか」

海外旅行より少し手前に、足場を作るように石を置く。

「どこか」

舌の回りきっていない調子で、安達が鸚鵡返しにする。

「どこでもいいよー、安達は行きたいとこある？」

問われても困りそうだと分かっていながら尋ねてみる。高校生の頃の安達はいきなり海外旅行しようなんて誘ってきたこともあった。良くも悪くも行動力に満ちていた。その姿勢を今見たら、頼もしくさえ感じるかもしれない。

なかなか返事がないので顔を覗くと、目も口も閉じ切っていた。

「寝ちゃったか」

顔にかかる髪をそっと除ける。そうして長い髪を手で隠すと、寝顔が昔に重なる。

安達と出会った時のことというのはどうも不思議な感覚で、遥か昔のことを思い出しているような……足の指先から地続きを感じて、昨日のことのような……そうした振れ幅がある。

高校生に戻ったり、戻らなかったりと忙しい。

出会ってからずっと、安達と一緒に歩いてきたからかもしれない。

「…………」

どこまで行けるだろう、わたしたちは。

そんなことを何度か考えた、安達との日々。

確か一緒に暮らそうって誘われた時も考えて、その時のわたしは、こう決めた。

それもいいね、と。

どこまでも行こうと、思ったのだ。


「どこまでも行かなくていいのかい安達ちゃん」

正直、若干暑苦しさを訴えたいような距離から、安達の声がする。

「今日はこうしていたい気分だから」

前を向いたまま、安達がぼそぼそと言う。「ふむ」とその髪を頬に感じながら、安達が満足ならそれでいいかと思う。

日曜日、わたしたちは起きてから一歩も部屋を出ていなかった。二人で座っている。ソファで、わたしの脚の間に安達がいて、何をするでもなくただその時間を過ごしていた。

何をしてほしいか聞いたら、こうしてほしいとお願いされた。専用の椅子になれとのご所望である。二人で座っても少し余る大きさのソファに、二人重なるように座るという贅沢さだ。

いやむしろ節約？　と空いたスペースに目が行く。

安達は最初、遠慮気味に背を丸めていたけれど疲れたのか今はわたしに寄りかかっている。

その安達の肩に口元を埋めるようにしながら、二人で寄り添う。

日はまだ高くなりきっていなくて、とてもたくさんの時間があった。

それを意識して、ああ、と不思議と優しい気分が広がる。

ただ五月の気候とあって、少し、暑い。

大型犬にくっつかれている気分だった。なんて言ったら安達は怒るだろうか。

「犬の……」

あ、とつい口にこぼしてしまう。何も考えないで喋ろうとするのは悪い癖だ。

「犬？」

「犬はかわいいねー」

「え、あ、うん」

さほど興味なさそうな反応だ。分かってはいたけど。

好きなものが一つしかないって楽なのだろうか。それとも、めちゃくちゃ辛いのだろうか。

どちらにせよ、安達の人生の大半を左右するのが今のわたしというわけで、責任は重かった。

犬の話題が特にあるわけでもないのでぼーっとしていると、安達が気を遣う。

「しまむらは、犬を飼いたいとか思ったりするの？」

「ん？　んー……」

目を瞑るよりも早く、その犬の姿が見えた。

幻の犬が振り向いたのを確認してから、ゆっくり、目を瞑る。

「ここペット禁止だから」

「禁止じゃなかったら？」

「多分、一緒には暮らさないかな。別れが辛いし」

昔ならごまかしたその本音を、安達に漏らす。

「どんな出会いも必ず別れて終わるようになってるの、意地が悪いよね」

だから後味をよくするのが、大層困難だ。

時には自分を騙す必要さえあるくらいに。

安達の髪を梳く。程よく冷たく、滑らかな手触りが指の間を抜けていく。

「そのままだと」

その安達の髪と頭が、わずかに揺れる。

「別れることが辛いってことさえ分からないから、出会えて良かったと思う」

そう言い切った安達が、振り向く。

「しまむらと」

そう付け足して、そしてなみなみ、赤い液体が注がれるように頬を染めて。

「だ、大好き、だぁ」

安達が決壊するその一連の流れに、様式美めいたものを感じた。

もはや伝統芸能に近い。

「あ、ありがとうよ」

お互いの髪が絡まるくらいの距離で言われると、さすがに照れる。

離れてても照れそうだけど。

安達にはそれくらいの力があった。

安達が、見つめたままじっとしている。待つように。その目を見つめ返しながら。

「好きだよ」

待ちわびる安達に、ご注文の品をお届けする。

「昔と変わらずね」

月日を経ても輝き続けるみたいな綺麗な感じに締めたかったのだけど、安達はそれでは満足しないのだった。

「昔……」

「あら？」

「昔よりもっと、好きになってくれると嬉しい、なと」

「けっこーわがままね安達ちゃん」

でもそうでないと、一緒に生きる甲斐がないのかもしれない。

同じ場所に留まっていたいだけなら、思い出で十分なのだ。

「随時、改善してまいりますよう努力いたします」

安達のことを、もっと考えて。なにかしていこう。

「これでいい？」

「うん」

軽薄なわたしのお返しにも、安達は満足したようだ。

そんな安達の真っ直ぐな視線を受け続けて、つい、おどけたくなる。

「後、あれだよね。わんこちゃんは一人で十分だからっていうのもあるし」

たくさんで暮らすと、安達がやきもち焼き子ちゃんになりそうだし。

あは。

などと笑っていると、安達が目を丸くする。

「私？」

「あはは」

自分を指差した安達がムッとしたように唇を尖らせる。

「ぜんぜん、犬じゃないし」

「昔の安達はかわいかったなー」

ぶんぶんと振られる尻尾をよく幻視したものだ。今は犬耳が時々見える。

「今は？」

「え？」

犬耳、と咄嗟に言いかけた。

「今は、かわいく、ない？」

不安げに上目遣いで確認してくる安達に、いつもの犬耳を見る。

へへへ、と思わず笑ってしまう。

「かわいいこと聞かないでよ」

安達の頭を撫でる。安達は目を瞑り、黙って受け入れていた。

そうしていると、安達の方が未だに背が高いことを意識して、なんとも言えないちぐはぐさがかえって心地いいのだった。

「……ま、いいよねこういうの」

犬や猫ではないけど勝手にやってくるただ飯食らいもいて、まぁ、その辺で割と満足だった。

ヤシロは気が楽なのだ。あいつは、わたしより早く死ぬことなんて絶対にないだろうという根拠のない確信があった。そういう相手が一人でもいると、気持ちが楽になる。

これから時の果てに流れ流れ流されて、石が川の流れに磨かれて丸くなるようにたくさんのものを失ったとしても、独りぼっちじゃないかもしれないって思えるから。

わたしがみんなより長生きする保証はないのだけど。

でも人よりよく寝ているから、そうなりそうな気もするのだ。

「時々、思うんだ」

安達が前に向き直るのを待ってから、そんな話をする。

「わたしと安達に限った話じゃないけど、出会った意味がなにか残ればいいなって」

それは時折訪れる、身を震わせる冷たい風のようなものだった。

なにかを残さなければという、強迫めいた観念。

「えぇと……」

何か言わねばと思いながらも、安達からは困惑しか出てこないみたいだ。

今を生きることしかない安達には、まるでピンと来ない願いだったのだろう。

その真っ直ぐさが、愛おしい。

「やっぱり、なんでもないよ」

有耶無耶にしながら、安達の肩にまた、顔を埋める。

目を細めた先ではまだ、空は青いままだった。


「さてと、今日はと」

夕暮れ時、冷蔵庫を前にして腕組みしながら思案していると。

「ひやむぎはどうですかな」

「……また来てた」

今度はいつの間にかわたしの頭に乗っかっていた。声をかけられて初めて存在に気づく。

「あんた麺類好きね」

「なんでも好きですが」

「簡単でいいわ」

重さを感じないそいつからふわふわ、胞子のように水色の粒が舞う。

指に載せると、肌に溶けるように消えていく。この粒子の塊がヤシロなのだろうか。

見たこともなく、これから先も決して見ることはないであろう宇宙のことを少し想う。

「お昼はリンゴでしたぞ」

「まだ聞いてません」

よじよじよじ、と手足を細かく動かして、わたしを伝いながらヤシロが下りてくる。

そしてわたしを見上げて、「ほほぅ」と元より光っている目を更に輝かせる。

「もう決まっているようですな」

こいつの目は、なんでも見通せるのか。それとも単に、わたしが分かりやすいのか。

うん、と一度頷いて。

「安達が好きそうなもの」

安達が好きだと思えるものを増やしていく。

頭にしまむらの、とつくものを、もっとたくさん。

そういうのを考えていこう、これからのわたしは。

「わー」

条件反射のようにヤシロが両手を上げて喜ぶ。

それさえも、少し追い風に思えた。


「チトさんはどちらかというと、しまむらさんに似ていますね」

「へぇ、そうなの？」

昨晩の話をぽつぽつと続けながら、最後にヤシロをリュックに突っ込んで準備を終える。何を言っているか分からないけど収まる。頭だけリュックからひょっこり出ているのだ。

本人にそこでいいのかと聞いたら、運ばれた方が楽ですぞなんて言われて、はーとしか返せなかった。入るような隙間なんかないはずなのに。わたしの背中よりも大きいようなリュックを背負って、それから思い出して一旦下ろす。

「おや？」

「ま、落ちたら危ないからね」

ヤシロにヘルメットを被(かぶ)せておく。黄色いやつで、正面に名札が貼ってある。その名前に馴染(なじ)みはない。載せると、髪との間からぼふっと粒子が舞い上がった。

「かたじけありません」

「うむ」

意味は分からんけどお礼っぽいので頷いておく。そしてまたリュックを背負って、今度こそ出発する。ペダルを強く、踏みつけるようにこぎ出す。燃料の補給も難しい昨今、自転車は貴重な機動力だった。身体が丈夫な内は、前に進める。

タイヤが潰れたら次のに乗り換えて、と繰り返してこれで……何台目だろう？　最初に乗ったのが赤いフレームの自転車であることしか覚えていない。見つけるまで歩き続けて、見つけたら自転車をこいで、壊れたらまた歩いて……留まることなく、ずっと。

舗装の剝がれかけた道路を最初はふらふらと頼りなく、少しずつ安定させて走る。小さな凹凸に乗り上げて上下に揺れる度、後ろから水色の粒子が届く。その粒子はどんな理屈なのか、前進しているはずのわたしを追い越して宙に散っていく。その光の軌跡を追いかけた先には、いつもの橙の空。雲を焼き、過去を淡く包んでいる。

「この星の空は飴色ですねぇ」

「あめ？」

「おいしそーな名前ですな」

何やら一人で盛り上がっている。ヤシロとは大体の会話は通じるけれど、時々、耳慣れない単語が混じる。別の星にしかない名詞だろうか。

そのヤシロ曰く、飴色の空が廃墟と植物をいつものように彩っている。

その光に撫でられる度に後ろを向いてしまいたくなるような、黄昏の色に。

世界は、手広く崩壊中だった。

「そしてカレーの色でもあります。……やはり、ママさんのが一番ですな」

「ふぅん……」

よく分からないけど、いい思い出らしい。いつも明るい声色にも、微妙に差異はあるものだ。

「あんたの話ってどれも、別の星の話なんでしょ？」

「そーですね、前にわたしがいた星です」

「スケール大きいねぇあんた」

話が本当なら単身、星を巡ってきたらしい。つまりこいつは宇宙人に該当する。

「宇宙人の証拠を見せよ」

「宇宙にお連れしましょうか？」

「うーん、遠慮しとく」

宇宙に行ってこんなのばかり漂ってたら困る。

一日中、食料確保に駆けずり回ってもとても養いきれない。

「で、どこが似てるのさ、わたし」

「わたしにご飯をくれそうなところですな」

初めて聞くお人よしの言い方だ。

「あんた、昔からそんなことばっかりしてたのね」

「そんなこととは？」

「ただ飯食らい」

「よく言われますぞ」

えへん、と鼻を高くしているのが振り向かなくても感じ取れた。

「まー、それで生きていけるならそれはそれで立派か」

「前にもそんなことを言われましたな」

「わたしに似てますさんに？」

「ですな」

「ふぅーん」

また、少し会ってみたくなる。

その願いが少し形を変えて、わたしに他人を求めさせているのかもしれない。

呑気(のんき)に話しながら移動していても、危険は極端に少ない。

そもそも他の生き物まで減ってきているから。ワールド大体植物園な世の中だった。

そんな世界を最初は一人で旅立って、いつの間にか二人。

大して役には立たないけれど、時折聞く異星の話だけでその価値はある気がする。

話に出てくる彼女たちは、もしかするとわたしが初めて出会った人たちかもしれなくて。なんだか、他人事という感覚が薄れてくる。

「三千七百年前のお人よしか」

「もしかしたら三万七千年だったかもしれません」

「おいおい」

派手な桁の間違いなのだけど、こいつにしてみれば些細な誤差なのかもしれない。

「三と七はちゃんと覚えているのですが」

「どういう数え方してるんだ……」

しゅぴっと、頭の横にヤシロの小さな手が伸びる。三と七をそれぞれ、片手ずつで表現していた。七をどうやって片手で示したかというと、手のひらに7って書いてあった。

「でもあれか」

「はい？」

そんなに昔ってことはさ。

「みんな、もういなくなったわけだ」

敢えて少しだけ表現を濁す。わたしは生まれた時から一人だったので、誰かが自分の側から消えるというのが感覚として理解しがたい。ただ残された映像やらを見たら、たくさんの人が映っていたから……こう、思うものがないわけでもなかった。

車輪は、ただ回り続けて音を奏でる。

「そうですねー」

ヤシロからの反応はそれだけだった。いつも通り、平淡なほどに穏やかに。

なんとなく、目線が頭の上に流れる。

こいつそもそも本当に感情あるのか？　と時々思う。

宇宙人はうかがい知れない。

「しかしなかなか見つかりませんね」

「痕跡はぽつぽつ見えてきたし、そろそろ出くわしてもいいのにね」

短い、地面が割れて跳ね上がったような上り坂に差しかかって、声と足に力がこもる。やや前屈みになって、自転車にしがみつくようにしながら坂を上っていく。

こらえて、こらえて、そして上り切った先に。

「あー早く会いたいわー、人間」

ペダルから離した足を伸ばしながら、下り坂の慣性に身を任せる。留まるように動きがなく熱を帯びていた空気がようやく、風となって流れ始めた。髪の間を、熱風が駆け抜ける。

「ほほほ、わたしがいますぞ」

人間か若干怪しい生き物が名乗り出る。

「頬が無限に伸びない人間に会いたいなー」

「会ってなにかするのですか？」

「分からん」

取りあえず頬を伸ばしたりはしない。と思う。

「でも誰かに会わないとなんも始まらないような……そんな気がしてる」

そう思わないとやってられないから、勝手に思い込んでるだけかもしれんけど。

まぁ出会えてからのことは、その時に生まれた気持ちに従っていけばいい。

そもそも人がわたし以外に生き残っているのかも、保証はない。

わたしたちのご先祖様がこの星に降り立ち、開拓し、住み処を広げて……そして出した結論は、この星は向いていない、とのことだった。生命の生まれる土壌として不適切だったのだろう。そして見捨てられながらも細々繋がれてきた人の流れは、きっともうすぐ終わる。

終わる前に、わたしは出会いを得ることができるだろうか。

「……なんでこんなとこ来たのさ」

「はい？」

「だってあんたの話を聞く限りだと、前の星の方がよっぽど豊かそうだもの」

人も溢れかえるほどで……それはそれで、密度が高くて辛いかもしれないけど。

でも旅もしなくていいし、安定していて。

そして、隣に誰かがいて。

ああでもその隣人がいなくなったから星を離れたのだろうかと考えていると。

ヤシロは、こう言った。

「まー、しまむらさんとの約束もありますので」

『死間』

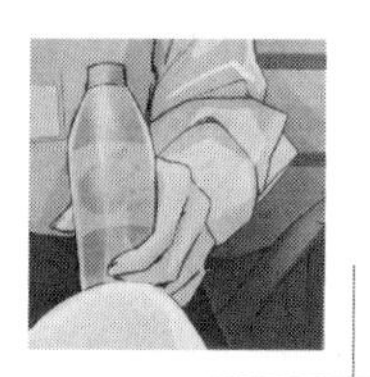

探しているものが人間か自転車か分からなくなってきた。

都市部もそうなのだけど、その周辺は一層、深緑に染まっている。誰も管理することのない原始の環境は気ままに、惑星を豊饒なものとする。人間減った方が世界が安定していることを少し考えたり考えなかったりしながら、自転車がないものかと頭を揺らす。

時々、場所を見失わないように振り返る。

象徴のようにそびえる巨木の向こうで、いつものあめ色の空が見える。

割れた雲がばらばらに広がって、黄昏から逃れようとしているみたいだった。

「るーるるー」

「…………」

「らーらーらーるるるー」

「…………」

「ほほほ」

立ち止まる。

「ほ?」

リュックからずるんと引っこ抜いたヤシロを地面に下ろした。

「どーしました」

「たまには歩きなさい」

「なぜです？」

「なんとなく」

楽してそうだから。

「仕方ありませんなー」とヤシロがてってこ隣を歩き出す。ちなみにこいつが歩いていて、息を切らすところを見たことがない。汗さえかく様子もない。輝きは、消えない。

不思議じゃのう、と一々驚くのにも疲れていつからか流すことにしていた。

規格外の生命体と共に旅を続けて……どれくらいだろう？

犬とか連れているならもう少し絵になる気もした。でも犬とは話せないし、まぁこれはこれでいいのかもしれないと時々思う。

「ところでこれはどこに行っているのですか？」

しばらく歩いてから、ヤシロが尋ねてきた。

「どこかは知らないけど、自転車のあるところ」

乗り潰した自転車の代わりを探し求めて、深い林の中などをさまよい歩いているのだった。

風は木々に吸われるように途切れて、熱を帯びて膨らんだかの如く重い。

　林とは言うけど、このあたりも昔は町が存在していたはずだ。その名残として建物の残骸が点在している。基本、生き残りは建物の近くで生活している……はずだ。わたしもそうだったし、育ててくれた人もそう言っていた。だからこの辺りに自転車が運よく残っていないかと探しているわけなのだけど。

「自転車ですかー」

　ヤシロは探す素振りも見せないまま、てくてく進んでいる。

「ひつよーですか？」

「必要です」

「人のいそうな場所を見つけたと言ってませんでしたか」

「見つけましたよ」

　ぺたぺた歩くヤシロからの視線を感じる。じゃあすぐ会いに行けばいいと言いたげだ。

　こいつには分かんないかな、分かんないよなと諦める。

「会うために自転車探してんのよ」

「なぜです？」

「いざとなったときにすぐ逃げられるように」

　徒歩だと土地勘もないわたしが逃げるのには限界がある。自転車なら、真っすぐ走れば追いつかれる可能性は低い。なんて言ったところで、ヤシロには理解できないだろう。

「歓迎してもらえるかは分からないじゃん？」

わたしに事情があるなら当然、相手にもある。当たり前のことだった。

ヤシロは「ほほーぅ」と絶対どうでもよさそうに感心する。

「チトさんはおかしな人ですなー」

「あんたに言われたくないって」

はははと笑いも漏れる。

「人に会いたいのか、そうでないのかよく分かりません」

「……むぅ」

にこにこしながら、見透かすようなことを言うやつだ。

時々、奥深いやつと勘違いしそうになる。

「あ、今思い出しました」

「うん？」

ヤシロがわたしから距離を取って一回転する。そして、方向を見定めたように止まり、走り出した。

「おぉどこへ行くのだ謎の生物よ」

「ちょっとでーす」

手を振って、ヤシロが林の奥へ向かっていく。追いかけようとして、けれど滑るように暗闇に消えていく小さな背中にとても追いつける気がしなかった。

「謎の生物であることをふんだんに生かしてるなー」

どういう移動だ、と見送るしかない。その場に留まって、頭を掻く。

ヤシロと一緒にいる理由とか、一緒に旅する動機は明確にない。

なんとなく出会い、なんとなくここまで来た。

そのなんとなくに、今も従う。

「ちょっとなら、待っててやるか」

荷物を下ろしてその場に座り込む。座ると一層、温度が高まるように思えた。

「どーせ、慌てたって遠くには行けないし」

何かに負けるように背中から倒れる。すれ違いざま、生い茂った草の先端に頬を切られたのか軽い痛みを覚えた。お互いに熱を帯びた髪と草が混じると、自分がこの大地の一部に還元されたような錯覚を起こす。このまま転がっていると根を張って、二度と立ち上がれなくなりそうだった。

ま、そんな時間も空けることなく、ヤシロはすぐに戻ってきたのだけど。

木の幹をすり抜けるように、止まることなく走ってくる。

その小さな手には先ほどまでなかった果実が握られていた。

「ああ、お腹が空いたのでも思い出したのね……」

呆れながら笑っていると、近くまで来たヤシロがささっとこちらに果実を差し出してくる。

「お？」

食いしん坊の予想していない行動に驚きながら起き上がる。

「今日はチトさんに出会ったきねんびですぞ」

「へぇ？」

「ちゃんと数えたので合ってるはずです」

果実を受け取る。いつも食べている、赤い皮の果実だ。

「確かに、こんな時期だった気もする」

天候の変化が極めて少ないので日付や季節を忘れそうになるけれど、空気の肌触りだけは記憶のどこかにあった。蒸し暑さが肌に宿るこの時期に、わたしはそれを振り払うように上を向いた。

そして、空から舞い降りるものを見た。

「きねんびというのは大事なものですぞ」

「ふぅん、そうなの？」

「らしいですぞ」

分からんのかい。にこにこしているヤシロを見つめつつ、息を吐き。

「記念日ねぇ」

呟きながら、果実をかじった。


「あ、わたし誕生日だ」

などと当日に気づいただけでも今回は聡かったと言える。なぜか毎年、遅れて思い出すのが常だった。誕生日が地味なのだろうか。なんだ地味な誕生日って。

「もっとこう、金色の折り紙とか使うくらいの大胆さを……」

自分でもなにを言っているのか分からなくなったので、考えるのは諦めた。でも二十歳まで来ると誕生日なんてこんなものかもしれなかった。もう二十回もやっているわけだし。

「んー」

そんなこんなで、わたしは二十歳になった。

「二十代かー……わたしが。わたしが？」

ほんとぉ？　とつい虚空に尋ねてしまう。答えは勿論ない。証明するものも手元にない。頬を引っ張ったり、その場で跳んでみたり、腰を回してみても、昨日までのわたしとの違いは感じられなかった。

「ま、いっか」

カレンダーを覗いて、今日という日に花丸を描く。花弁がなかなかバランスよく描けて、二十歳を感じた。出来栄えに満足してから、さぁなにしようと部屋の中をうろうろする。

休日にしては早く目が覚めてしまった。窓の外はちゃんと朝だ。少々眩しすぎる朝日と少し向き合ってから、電話を確認してみる。誰からも連絡は来ていない。

「安達がわたし関連のことを忘れるのは珍しいな……」

呟いてから、やや照れる。ちょっと自信過剰だろうか。

名前としては安達が春に誕生日を迎えた方が似合いそうだ。わたしは月だから、秋かな。わたしが好きなのは、夏の長い日の中、青空の向こうにうっすら浮かぶ月なのだけど。あれいいよねー、と関係ないことを取り留めなく考えて、よし朝ごはん食べようと思って部屋を出た。

二十歳になって踏み出した廊下は、注視しても別段いつもと変わりなかった。

「あ、忘れてた」

携帯電話は常に持っていようとすぐ引き返す。安達から連絡が来るかもしれない。

戻ると畳んだ布団の間から、小さな尻と足がはみ出ていた。

ついさっきまでいなかったのに。

「なにしてんのあんた」

声に反応するように足がじたばたした。足首を摑んで引っこ抜く。

逆さ吊りになったまま、平然とこちらを向いてくる。髪も下に垂れる様子がない。

「特に意味はありません」

「だと思った」

勿論そんなところに潜り込むのはヤシロだけだった。いや、母親も案外やるかもしれない。

どうだろうと首を捻っている間に、ライオン風のパジャマを着たそいつが回転して下りる。

昨日は妹の買ってきたニワトリデザインのパジャマだった。そっちの方が似合っていると思う。

「おはよーございます」

「はいはいおはよう」

ヤシロが「むむっ」とカレンダーを見上げる。

「花丸がありますぞ」

「今日誕生日だからね」

「ほほーぅ」

取りあえず反応してみたといった体だ。ぺったぺったとこっちに寄ってくる。

「しまむらさんのですか？」

「そう。しかも二十歳だ」

人差し指と中指を立てる。そのピースマークの間にヤシロの青い瞳が覗ける。

揺れた星が宇宙を泳いでいくように、ゆっくり、動く。

「やっと二十歳ですか。まだまだしまむらさんも幼いですな」

「あんたには負けるって。あんた、誕生日っていつ？」

なんとなく聞いてみる。最初、誕生日ってあるのと言いかけた。

あるに決まっているのに、なんだか無縁に思える存在だった。

「たんじょーびですか、えっとですねー」

短い指を折りたたんでなにかを数え始める。それが一周したくらいで飽きたように指が全部開いた。

「今日でぃーです」

「今日て」

「しまむらさんとお揃いですね！」

「ははは……」

無邪気に飛び跳ねるヤシロを見ていると、ま、いっかと思ったのだった。

「しょーさんに自慢しちゃいますぞー」

両手を前に突き出す姿勢で駆け出して、部屋を出ていってしまう。

「誕生日自慢してどうするのか……」

誰にでもある、ありふれたものなのに。でもあいつにはやっぱりなさそうな気もした。

電話を手に取り、台所に向かう。

「あっつ……」

廊下を少し往復しただけなのに、春と思えない熱を感じた。

「あ、ちょっと」

　その途中、居間から声がして呼び止められる。引き返して覗くと、母親がテレビの前に陣取っていた。ラッコみたいにクッションを抱えて転がっていた母親が勢いよく起き上がる。

「聞いたわよ、あんた誕生日らしいわね」

「伝聞で知るということ自体になにか疑問はないんですかおかあさん」

「冗談よ勿論」

　ぶはははと笑う母親を無視しようとしたら「おら座れ」と床を叩いてくる。

「朝ごはんは……」

「後だ後」

　追加で叩かれる。ばんばんうるさい母親に促されて、仕方なく座ったら、「おら倒れろ」と頭と肩を摑んで引き倒された。ジム通いを続ける母の力強さには抵抗できず、そのまま横倒しになる。母に膝枕されるような形となって、上を向くようにして尋ねる。

「なに？」

「誕生日イベントが発生したって感じ？」

　感じと言われましても。母の手がわたしの髪を除けて、露出した耳たぶを摘んでくる。

「お祝いしてまーす」

「それは、どーも」

あまり祝っている感じしないけど、起き上がろうとすると「おらっ」と押さえつけられるので祝われざるを得ない。そんな日本語あるのか知らないし使う機会があるとも思わなかった。

母親の膝元に収まるなんていつ以来だろう？　妹にこんなところ見られたらからかわれそうで落ち着かない。そわそわしていると母の指もそわそわ動いて、つむじを見つけてぐりぐりしてきた。

「やめんかっ」

「あ、白髪見つけた」

「抜いといて」

「やだ。大人の証として残しときな」

やな証だ。でも大人になるっていうのは前向きなことばかりじゃないという意味かもしれない。母親は当然そんなことまで絶対に考えていない。

正面のテレビにはピンクのブタとリポーターが映っていた。

「こうして横にしてみると、あんたもデカくなったわ」

そう言いながら、人の尻を気軽に叩いてきた。

「娘が二十歳か。年取るわけね」

はぁぁあ、と深々溜息を吐かれる。冗談と本気、どちらか悩む微妙なところだ。

「今日は安達ちゃんとお出かけ？」

「今のところは、そういう予定ないけど」

言えば安達は必ずそう提案する。でもなんとなく、気づいてほしくて、待っている。

もし日付が変わってもなにもなかったら、来年まで忘れてしまおうと思っている。

そして来年もきっとわたしは、安達を待つ。

「そっちはジムでよく会うの？」

「うん？」

「安達母」

「ジムではそこまで会わないけどね。会うと二回くらい死ねって言われる」

「超仲良しじゃん」

「だろだろぉ？」

なっはは、と意に介していない母が楽しげに笑う。安達母の苦労に少し憐憫を覚えた。

「あんたと安達ちゃんくらい仲いいかもね」

「え……それは、えぇっと」

少々まずい気もする。

「それよりあんた、食べたいものとかないの？」

「食べたいもの……」

「好きなものでもいいけど」

「それは卵焼きとか、お好み焼きとか……焼きそばも好きかな」

きっと、母親なら全部知っていることばかりだった。

「ふーん」

聞いた割に淡泊な返事すぎて戸惑う。

「え、作ってくれるんじゃないの？」

「んー」

なんだその反応は。

「普段から作ってるし」

「それはそうだけど」

「全部混ぜるか」

「安直」

物事に対して足し算しか頭になさそうな母親が快活に笑う。それから、わたしの背を優しく撫(な)でてくる。魂を触られるような柔和な手つきに戸惑っていると、母親が前に身体(からだ)を伸ばすようにしてわたしの顔を覗(のぞ)き込(こ)んできた。

「どうかした？」

「あんたが赤ん坊の頃をちょっと思い出した」

そう言って微笑(ほほえ)む母親をどこかで見たと、頭の隅を探してしまう。

「寝顔を覗いて、思ったなって」

「……なにを？」

「偉い人やお金持ちにならなくてもいいけど、思いやりのある強い子に育ってほしいと」

「なんか聞いたことあるんスけど」

　がははは、と笑ってごまかされた。そしてもう一度、わたしを覗く。

「強くなった？」

「強いってなんですか？」

「聞いたことあるんスけどー」

　そう言いながら母は一度目を瞑り、口元を緩め、それから顔を上げる。

「強いっていうのは多分、なにかに近づいても怖がらないことだと思うね」

　希少な、真面目な母親が誕生日に姿を見せた。差した光を追うように、母を見上げる。

　母は未だ小さな子供を見守るように、わたしを優しく見下ろしていた。

「……じゃ、そういうの、目指してみようかな」

　これからのわたしは。

「そうしな」

　また尻を叩いてくる。人を楽器かなにかと思っていないだろうか。

「……ま、いいか」

不思議と今は、腹も立たない。

「二十歳か」

もう一度、母親はそう呟いて。

「ちぇいっ」

「ぎゃっ」

いきなり髪を引っこ抜いてきた。針のような痛みが頭皮に刺さる。

「あのねっ」

「髪を抜きました」

「……白髪を？」

「髪」

「おい」

母親がわたしに見せびらかすように、顔の前で握った手を開く。

躍るように落ちてくる髪はちゃんと白かった。


昔、誰かのエッセイで二十歳になったときの話を読んだ。

町を歩くだけでまるで別のものが見えてくるようだと書いてあった。

真似したらなにかが見えるかと思って、わたしも歩いてみることにした。

「すたすた」

そんな独り言が漏れる程度に、人とさえすれ違わない。駅に向かう道は昨日見たものと代わり映えなく、雲の少ない空は朝日が少し眩しい程度だった。すべてが新鮮な息吹を発して、輝いて見えるとかそんな奇跡はない。当たり前の現実があるだけだった。

家で得た不思議な充実も、段々と消え始めてしまう。

「うーむ」

時々、電話を確認する。安達からはまだ反応がない。いやいいんだけど。

できれば、わたしからなにも言わないで気づいてほしい。

安達、きみならできる。

「わたしもなんか面倒くさくなってないか……」

ぼやきつつ電話をしまう。でもそういう期待をしてしまう程度に、わたしは安達に……ええと、泳がされている。遠くへ遠くへ、変化していく。

昔の自分と明らかに違うものは、確かに今芽生えていて。

で、その安達が来なければ、変わらない町がそこにあるだけだった。

わたしを変えていくのは二十歳なんかじゃなくて安達なのだと改めて理解する。

良くも悪くも、彼女がもたらす波に翻弄されて、わたしは沖へ漕ぎ出るのだ。

それだけの勢いを安達は持っている。勢い良すぎて時々、壁に頭をぶつけているけど。

じゃあ今歩いている意味あるのかなと疑問を感じ始めながらも、惰性で足を動かしていると。

「お、しままちゃんじゃねーの」

やや低い位置から声がした、という失礼な反応の下に振り向く。

日野だった。今年に同じく二十歳を迎えるであろう日野の身長は、高校時代とまるで変わらないように見える。赤い和服に身を包み、小さな手をひょこひょこと振ってきた。

町中で見るときは和服を着ていることが多くなった。それは日野に役割が増えたのかもしれないし、単なる趣味かもしれない。取りあえず、声をかけられたのでそっちへ向かう。

「暇そうだな」

「休みの日だから暇な方がいいと思う」

やることがあったら休めないし。

「それもそうだな」と日野が長い袖を捲るようにして腕を組む。和服に合わせてか髪を後ろでお団子に纏めていた。その日野が空を見たり、左右に動いたり、わたしの肩を「ようよう」と叩いたりする。わたしに負けず劣らず暇なようだった。

「いや散歩のつもりだったけど、すぐにしままちゃんを見つけた」

まが増えた。

「あー、日野の家近いっけ」

「家が見えるのは二分。玄関に辿り着くのは十分」

「いい運動になるね」

お金持ちにしかできない冗談を交わしながら、日野が踵を返す。

「ついでだし、お茶でも飲んでくか？」

「日野ハウスで？」

「そこ以外、タダでお茶飲める場所知らねーからな……あ、永藤の家もあるか」

「じゃあ、ご馳走になろっか」

高校を卒業してからは日野と話す機会もそんなにないので、悪くないと思った。

日野の家は以前に一度だけ訪ねて以来となる。行ったときも表までで、中を歩いたことはない。しかし一度見れば、その家の周辺の景色を忘れることはないだろう。竹いっぱい生えてたし、TAKE。バンブー。竹の間を歩き、柔らかい緑の光が降り注ぐのを浴びると全身にまとわりつく様々な汚れが剥がれていく錯覚さえあった。

後でその話をしたら、うちの母親も歩いたことがあったという。

『勝手にうろうろしてたら捕まりかけた』らしい。母は自由な人間だが、自由にさせておいては駄目なことがよく分かる。父はその奔放さに諦めている場合ではない。

「永藤いるの？」

「おいおいわたしんちだぞきみぃ」

だから聞いてみたのだけど。

日野の家に通じる道は昔の記憶通りに爽快だった。観光地にでも迷い込んだように空気が変わる。しんとして、心地いい冷たさが淡い雪のように固まっているみたいだった。

竹林の間のどこを抜けてくるのか、香りを含んだ風をめいっぱい吸い込む。

後ろを歩くわたしと違って、日野は当然まったく感動もなさそうに淡々と歩いていた。

十分は大げさだったけど、玄関まで五分はかかったように思う。風光明媚と表するのが適切な、奥行きある庭の前には車が数台停められていた。日野はそちらを一瞥するも、特になにも言わないで玄関に入っていく。わたしもその後に続く。

「ただいまー」

「あらお早いお帰りで」

お手伝いさんらしき中年女性が、下駄箱を磨きながら振り向く。わたしに気づいて、「これは失礼しました」とすぐに立ち上がる。

「いいよ、わたしの友達だから」

続けて続けて、と日野がお手伝いさんの肩を押す。お手伝いさんは苦笑しながら屈む。そのお手伝いさんに会釈しながら、靴を脱いで日野家の廊下に上がった。靴を揃えようと屈む前に、お手伝いさんがやってしまう。もう一回、頭を下げておいた。

「お手伝いさんがいるというだけで、凄い世界に来た気がする」

「お前、前に来たときと同じこと言ってるな」

「そうだった？」

廊下を歩きながら首を傾げると、日野が「永藤かよ」と笑った。

「おっと」

通りかかった部屋から小さな頭が現れて、思わず足を止める。

まだ頭髪も薄めの赤ん坊が、こちらを見上げていた。

「日野の……妹？」

「そう来たかー」

娘じゃないだけマシか、と日野が呟いてから。

「一つ上の兄貴の子。他の兄貴と違って、結婚しても家出てかないんだよ」

日野が屈んで腕を伸ばすと、赤ん坊がぺたぺたと近寄ってくる。兄の子なら日野が叔母に当たるのか。そしてこの子は男の子か女の子どっちなのだろう？　赤子はパッと見ても判断つきづらい。赤ん坊は日野に抱き上げられて落ち着くのか、大人しくしている。

日野の肩越しにこちらをじっと見つめてくるので、「やぁ」と手を上げて挨拶する。

無反応なので、ゆっくり手を下ろした。

「しまむらは姉力高いけど、母力はまだないみたいだな」

「どっちも初めて聞く日本語だけど」

母力も割とないかなわたし、と安達とのやり取りを思い返す。

安達は母力発揮すると渋い顔になるけど、姉力には弱い。加減がなかなか難しいのだ。

気づいたら、部屋からお母さんらしき女性も出てきてこちらを見ていた。

「ごめんなさいね晶ちゃん」

「はいはい」

日野が赤ん坊を女性に託そうとすると、赤ん坊は鼻を少し広げて泣きそうな顔になる。日野が慌てたようにまた抱っこすると、赤ん坊は少し難しそうな顔を浮かべた。

「人気者じゃん」

「なんか好かれてるんだ」

困ったように笑いながらも、日野も満更ではないようだった。

赤ん坊が落ち着いてから、日野の部屋に案内される。日野の部屋に入るのは初めてかもしれない。わたしと妹が二人で使っている部屋よりもずっと広い。日野一人で使いきれるのだろうかときょろきょろしていたら、藍色の座布団を放り投げられた。

縦に回転してきたそれをなんとか叩き落とす。

「お茶用意してくる」

「ん」

「漫画読んでていいぞ」

「そうする」

日野が廊下に消えていく。襖の反対にも障子があって開けると、広い庭と渡り廊下に繋がっている。「おぉーう」と玉砂利の白さに思わず声が出た。

この旅館めいた建物が個人邸宅というのだから、なるほど、と納得する。

確かにうろうろしていたら、捕縛されそうだった。

本棚を覗いてみる。棚は五段になっていて、下二つが漫画で埋められていた。真ん中の段は小説で、更に上にはかっちりとした作りの、大きめの本が揃えてある。図鑑ともまた違うみたいだ。背表紙を見ると、お茶の本とか作法の本とか、日野の家に関係ありそうなもののようだった。どれも状態が悪いので、何度も読まれているのかもしれない。

そして一番上の棚には教科書類が雑に突っ込まれている。小中高と使ってきた教材がそのままにしてあるようだった。音楽の教科書なんて、こっちまで懐かしくなってしまう。

屈んで、漫画の背表紙を指で追う。

「あさがおと……これでいいか」

あいうえお順に並べてあるらしい。作者毎に纏めないのは珍しい気がした。適当に漫画を取って、部屋の中央に座布団を置く。こういうとき、端っこじゃないと落ち着かないと話していたのは誰だっただろう。漫画に目が行きながらも、記憶は答えを求めてさまよう。

なにかが見つかる前に、日野がお盆を持って戻ってきた。

「変な並べ方してるね」

本棚を指差しながら言う。

「ああそれ永藤がこの間並べてた。暇だ暇だーって言いながら」

「なるほどねー」

お盆を挟んで、日野が向かい合うように座る。茶碗を一つ、こちらに差し出してきた。

「お茶請けはこれね」

小さな缶が並んだ箱を振る。表の絵から察するに金平糖みたいだった。

「どちらもお高そうで」

特にお茶は、湯気と共に立ち込める香りに芯がある。麦茶とかでよかったのだけど。

「これ以外には酒しかなかったぜ」

「あ、わたし飲めるよ。実は今日誕生日」

年齢的に許されているだけで、飲んだことないけど。

「えマジ？　じゃあ特別に二個あげちゃうか」

黒糖色の金平糖が二つ並んだ。わたしの誕生日祝いちっちゃいな。祝って貰えるだけでもありがたいけど。摘むと、「冗談だよ」と日野が缶ごと渡してきた。

「好きなだけお食べ」

「いやぁどうも」

まずは一つ口に含んでみて、穏やかに驚く。

「これ美味しいね」

普段口にしているようなお菓子と質感が違う。後味の爽やかな部分だけでも、ああこれ高いんだろうなと察することができる。ヤシロがこんな味を覚えてねだってくると大変だ。

「けっこう前に、永藤もおんなじこと言ってた気がするな」

「永藤と一緒かー」

んー、と冗談で唸ると、日野は満足したように白い歯を見せるのだった。

それからお茶を飲みつつ、しばし静かに庭の景色を楽しむ。なにか話そうかと窺っていたけど、漂うしっとりとした空気に浸っているだけで心は満ち足りた。日野も水面を覗くようにしながらゆっくり、そして丁寧にお茶を飲んでいた。仕草がわたしよりずっと洗練されていて、日野という人間の育ち方が見えてくる。高校時代からそうだった。

遠慮なくぽりぽり金平糖を食べて、お茶で甘味を流し込む快感に酔う。

やがて茶碗を片付けた日野が、立ち上がりながら聞いてきた。

「しまさんや、将棋と碁ならどっちが得意かね」

「碁は分かんない。将棋は一応知ってる」

田舎の家で祖父相手に遊んだことがある。祖父は容赦なくわたしを打ち負かして大層ご機嫌だった。それから、いつか勝てるようになれとわたしの頭を撫でてきたのだった。

そしてあの頃、わたしの傍らには。

「…………………………」

未だに勝てないまま二十歳になってしまった。

「よし将棋な」

日野が部屋の隅の将棋盤を移動させる。また年季の入っていそうな、しっかりした作りの将棋盤が出てきた。教養がないので正確に判断できないけど、高そうだ。つぅっと、盤上を指の腹でなぞる。滑らかなその手触りもそうだけど、日野の家はとにかくどれも気持ちがいい。格調高いと言うべきなのだろうか？

「本当はオセロが一番得意なんだけどな」

「じゃオセロでいいのでは」

「ふ、戦いはある程度レベルが同じじゃないと面白くないのさ」

「うぜー」

「今のは永藤の真似」

ここにいない永藤に押しつけながら、日野が将棋の駒を並べ始める。確かに永藤っぽかったかもしれない。わたしは安達の真似ができるだろうか。あんなに一生懸命になれないから、無理かもしれない。

駒を置く音が小気味いい。祖父に爪切りの音に似ていると言ったら笑われたことを思い出す。

今聞いても似ていると思うけど、日野に確認するかは少し迷う。

「日野は最近どう？」

並んだ歩を順繰りに眺めながら、近況を聞いてみる。日野も歩を手に取りながら答える。

「わたしか？　わたしは別になんにもしてないな」

歩を前進させてから、日野が前屈みに頬杖を突く。

「学校卒業してから、毎日なーんもしてない。釣りしたり、散歩したり、永藤と遊んだりって感じ」

「優雅だねぇ」

「現代のお貴族様だからな。働かないで生きていくわけ」

ははは、と自嘲も含んだような笑いだった。

「しまむらちゃんは学校どうよ」

まが増えたり減ったり安定しない。

でもそれでいいや、と思った。

「んー、悪くはないよ。今のところは」

「結構結構」

日野は特に悩まず駒を進めてくる。わたしもルールこそ把握していても、まるで不勉強なので定石なんてろくに分からない。ので、適当にぱちぱちしている。

「あだちっちは？」

「安達は、んー、元気」

「そりゃよござんす」

「なんでわたしに聞くかな」

「しまむらに聞いた方が早いだろ？」

盤上を睨みながら、日野が当たり前のように言う。

「……かもね」

日野に安達との話をしたことはあまりないけれど、雰囲気で察するものはあるのかもしれない。でもそこにはお互い、敢えて言及しないのがわたしと日野の程よい関係なのだろう。

庭を一瞥して聞いてみた。

「日野の家って動物は暮らしてないの？」

「あん？　勝手に池に棲み着いたやつらとかはいるけど、特に飼ってはないな」

マイホームの池のご紹介なんて、大概の人生でおよそ経験なさそうな出来事だ。うちに勝手に住み着いたのは頭の青い謎だらけの宇宙人くらいである。……わたしも人のことは言えないかもしれなかった。

「うちは旅行好きだから、ペットがいると融通利きづらくなりそうだしな」

「なるほど」

「なんで？」

「いや聞いてみただけ」

飛車を大きく前に出す。日野は少し考えて駒を飛車に寄せて、追い詰めていく。

孤立無援の飛車が泣いていた。

「うげ」

「なーんにも考えないで打ってるな？」

見透かされて、頭を掻きながら笑うしかなかった。

結局、二戦して二敗した。三戦目をどうするかという空気になったところで。

「そういえば誕生日って言ってたな」

「そうよ」

「ちょっと待ってろ」

日野が将棋盤をそのままに部屋を出ていく。この流れは、と正座して待っていると、日野が
見るからに贈り物らしきものを手にして帰ってきた。

「別にいいのに」

「いや贈り物は大事だぞ。んー……ちょっと待て、今いいこと言うから」

「はぁ」

腕を組んだ日野がうんうんと唸ったり、障子の向こうの庭を睨んだりする。

「人という字はだな、支え合って」

「この年にもなってそう来たかー」

「冗談だってば」

それから親指を鳴らした日野が、庭を見つめながら言った。

「風っていうのは目に見えないけど、植物の揺れる姿で感じることができるよな」

「え、うん」

わたしも釣られるように庭を見る。整った景色を揺らす、淡い風の通り道が、確かにそこに見えた。

「心だって見えないけど、贈り物を挟むことで見えるようになるかもしれないぜ」

腕組みを解いた日野が微笑み、それから、身を乗り出す。

「しれないぜー」

「おぉー、それっぽい」

拍手すると、だろだろ、と日野がご機嫌に頷いて座る。

「今のもう一回言って」

日野は贈り物をわたしに差し出しながら、ふっと、穏やかに笑う。

「無茶言うなよ、もう忘れたに決まってるじゃん」

だと思った。

でもそのやり取りの中で、日野の『風』を確かに感じるのだった。

「いやぁ、日野屋敷はいいものですね」

心身がすっきりしているためか、言葉まで軽い。

あれからお昼ご飯をご馳走になって、恐らく日野が冗談で提案した昼風呂に浸かって、湯上がりにぼーっとしていたらすっかり寝入ってしまった。しかしそれだけで凄く気分がいい。ご飯食べてお風呂入って寝るという毎日やっているはずの行動なのに、伴うものがまるで違う。

「うとうとしたと思ったら夕方になっていた」

渡り廊下に座っていたはずなのに、気づけば布団の上にちゃんと転がっていたし。

「日野が運んでくれたの？」

「無理に決まってんだろおめー。江目さん……お手伝いさんが運んでくれたよ」

「それはかたじけない」

「運んでいる間も一向に起きなくて笑ってたぞ」

「これはお恥ずかしい」

いやぁははは、とサラサラになった気さえする髪を撫でる。

「お前ってさ、やっぱちょっと天然だよな」

「うん？　どこが？」

そこだ、と顔を指差された。触ってみる。長風呂でテカテカになった頰があるだけだった。

日野が玄関の外までお見送りしてくれる。

「しままちゃんは大学出たら家を出るんだって？」

誰から聞いたのだろう、と思いつつも肯定する。

「就職先にもよるけどね。希望としては、そうなるのかな」

「じゃ、あんまり会わなくなるな」

さらりと言われる。ここを離れるということは、あんまりどころか、まず会わない。

それは長い目で見れば死別にも近かった。

一瞬言葉に詰まると、日野が続ける。

「友達だから別れるんだ。関係なかったらそんなことにも気づけない」

言ってから、日野が頰を搔く。

「今すごくいいこと言ったなわたくし」

「うんうん、もっかい言ってみて」

「えーと、しま、マイフレンド！　オッケーィ」

日野が快活に笑う。今度は忘れたのではなく、照れ隠しなのだと思った。

「大体合ってる」

「だろー？」

日野が腰に手を添えながら得意気に鼻を高くする。それから、言った。

「今友達であることは、何年経っても変わんないだろ？　それでいいじゃん」

「……そだね」

なんてことないように言われて、でも心を揺らす。

変えられない過去も悪いことばかりじゃない、ということなんだろう。

だって、変えられないのだから。誰にも、決して。

どこにもいなくならないのだ。

「じゃあな」

「うん」

「あだっつぃーによろしく」

手を振って、日野と別れる。またねと言うか少し悩んで、結局、口にはしなかった。

変わらないのだから、これでもいいのだと思ったから。

稲穂のように色づいた竹を眺めて、目を潤しながら日野家を後にする。

と。

「おっ」

まるでそれを見計らったように、電話が震えた。

他と変わるわけもない震えの具合だけで、誰からのメッセージか察することができる。

『いいよ、来て』

返事をしてから、携帯電話を握った手をまっすぐ、水平に伸ばす。

この高揚はなんだろう。

黄昏(たそがれ)に満ちる心から真っ直(まっす)ぐ、手首へ血流となって駆け巡る。

抑えきれない鼓動に吐息が弾み、目前のありふれた夕暮れが、そう。

まるで別物の世界の到来を待ちわびるように、橙(だいだい)に染まる。

やがて、自転車を全速力で漕(こ)いで、そのままわたしを轢(ひ)くんじゃないかと思うくらいの登場に。

「あはっ」

思わず、音が外れるような笑い声が漏れてしまった。


夜、居間の窓を開けて、小さな庭に向き合う。

日野(ひの)の家と比べると本当に手狭で、そして落ち着く。家という場所の役目を完全に満たしている。

ぽーっと、遠くの町の景色を眺めているだけでいつまでも時間が経(た)っていきそうだった。

その合間に見えてくる、夕方の色合い、声、言葉。

安達。

お風呂上がりに火照った肌が少し落ち着いた、温度差から生じる心地よい眠気。

それに似たものが、わたしの内外を包む。

「…………………………」

奇妙な満足感が胃の横にもう一つ残っているようだった。

「たのしそーですね」

いきなり頭の上から幼い声が聞こえた。遅れて、ふわぁっと光の粉が下りてくる。

頭にくっついているそれの重みはまるで感じない。

「ほっぺたに寝跡ついてる」

上を向いて見えたのは眩さとそれだった。

「お腹いっぱいになると眠くなる……わたしはそーいう生物なのです」

「実に普通ですね」

胴体を掴んで横に置いた。抵抗なく座ったヤシロのライオンの尻尾と、小さな両足がぶらぶらと揺れた。飾りのはずの尻尾がなぜ、意思あるように動くのかは謎だった。

「たのしそーですね」

もう一度言ってきた。そんなにだろうか、と頬に軽く触れる。緩い手触りだ。

そうかな、と少し思って、そうだな、と確かに思う。

さっきの安達の様子を思い出して、わたしが笑わないはずがないのだから。

「まーね」

「たのしーのはいいことだと思いますぞ」

年中にこにこしているやつが言うと、説得力はある。ヤシロには悪いことを感じない。

いいことの結晶というか……そういう意味では日野の家に近いのかもしれなかった。

「あんたも妹に祝ってもらった？」

「しょーさんには疑われてしまいました」

ほほほとヤシロが楽しげに話す。

「しょーさんは賢いですな。実はわたし、本当はたんじょーびを知らないのです」

内緒ですぞ、と声を潜める。知ってた、と思ったけど敢えて小さく頷いた。

「でもその後にチョコを買ってくれました」

「よかったじゃん」

妹もチョコと同じくらい甘い。

「明日もたんじょーびだといいですな」

「わかってねー」

ヤシロの頭を軽く小突く。頭と髪が軽薄に揺れて、きゃっきゃと喜ぶ。

「こういうのは、たまーに来るからいい気分になれるの」

「そーいうものですか」

なのです、と肯定してゆっくりと息を吐いた。

「一年に一回、歳が増えて、それで」

「はいそれで」

「そうやって歳を取ることをずっと喜んでいられるような、そんな人生を送りたいなと思いました」

「おぉー」

ヤシロの適当な感動を笑いつつ、上を向く。冷たい液体が、頰と顎を掠めて流れ落ちていくような気がした。気になって触ってみても、流れた痕跡は指先では探れない。

「できればそれが……死ぬ一日前まで続いてほしい」

人差し指を立てて、本音を吐露する。

「死ぬときになってまだ生きたいと思うのは……幸せだけど嫌だなって」

絶対に叶わない願いを最後に見つけるのは、きっと不幸でしかない。

だから最後の日は、ああもう死んでもいいやって気分になりたいのだ。

ああでも、それは強くなってないってことなのだろうか。

強くなったら、なんでも受け入れられるのだろうか。

まだ全然強くないから、その気持ちが分かるはずもない。

「ふむ」とヤシロがライオンのフードの耳を揺らす。

「正直わたしにはよく分かりませんが」

「でしょうねー」

分からなくていいのだと思う、この不思議な生き物には。

わたしは多分、こいつのそういう部分を割と気に入っているのだろう。

別の星を気軽に覗(のぞ)くような、その異質なる感性が。

「でもしまむらさんが困るというなら、最後の日にはわたしも一緒になにか考えましょう」

はいはーい、と気軽に挙手してくる。

「……あんたが？」

「くっくっく、わたしはちょーいいやつですからな」

超いいやつかはともかく、超得意気に上を向いてくる。

「最後ねぇ」

親切なのは結構だけど、随分先の話……だといいなぁ。

「あんた、わたしの寿命なんて分かるの？」

運が悪ければ今日、寝ている間に死ぬかもしれない。そんな世界と運命の中で。

「ほほほ」

ヤシロはただ笑うばかりだ。

「とりあえず、今日が最後ではありませんな」

「だと困るからよかった」

これからの話を安達とたくさんして、叶えていかないといけないから。

死ぬまでの間、わたしは、幸せでいたい。

わたしの幸せが誰かの喜びでありたい。

「ですので、今は」

ヤシロがフードを外して、淡い水色の輝きを纏う。

そして。

「おたんじょーびおめでとーですぞ、しまむらさん」

それはまた本当に、他になにも混じることのない祝福で。

その真っ直ぐな言葉に鼻を押されて、一拍置いてから。

「あんたもね」

余韻が象る丸い優しさに導かれるように、ヤシロの髪を撫でる。

まるで月光を撫でるような手触りだった。

結局、自転車は見つからなかった。

「無駄に体力と時間使っただけだったわ」

「ほほほ」

ちゃっかりリュックの中に戻ったヤシロの笑い声が頭の上で聞こえる。

「まーでも……まー、いいか」

よく分からないけど祝ってもらえたし。そう考えると、そこまで無駄でもないか。

「あんたと会ってから何年だっけ」

「三百年以内なのは確かですな」

「記念日怪しくなってきたわ」

林を抜けてからリュックを背負い直す。抜けた先にも当然、見慣れた黄昏の草原が広がる。ひょっとしたら、自転車を見つけてもこの周辺では役に立たないかもしれない。

「とにかく……行ってみますか」

景色の中の背高のっぽを見つめて、そちらに歩き出す。草を踏む音はわたしの疲労と裏腹に軽快だ。サクサクしてらぁ。ついでに足首周りはチクチクもする。リュックの中で呑気にしているやつが少し羨ましい。でもヤシロは基本裸足なので、このあたりで歩かせるのは少々可哀想かなぁなどと思い直したのがそもそもの間違いなのでしょうか。

どうなんでしょうそのあたり、といもしない相手に問う。

「こっちに人がいるのですか？」

建造物の代わりのように立つ大樹を共に見上げながら答える。

「さぁ……ただ、それらしき痕跡はあったからさ」

多くの人が通って草が掻き分けられて、道ができていることとか。

ただそんなに大勢いるのかなぁなんて、ちょっとまぁ、警戒してしまったわけだ。

なにしろ故郷を発って以来、人に出会ったことが一度もない。

そして故郷に人が残っていたのも、思い出が黄昏に染まるくらいに昔のことだった。

光が中途半端に差した記憶は、わたしの他人への在り方を中途半端なものにする。

ちなみにヤシロは人類にカウントしていない。

「なんでか人は、高い場所を中心に置きたくなるものなんだよ」

「ほほーぅ」

今のご時世、迷ったときの目印になりやすいからだろうけど。

「わたしも高い所は好きですな」

「あんたは……そうだろーね」

最初に遭遇したときも降ってきたし。本当に手が届かないほど高く、雲の向こうから。

今考えると、怪しさ極まれりだ。

でもなんかなぁなぁでここまで来てしまった。

或(ある)いは、そんなことはどうでもよかったのかもしれない。遠くから来たと語るそいつに刺激されて、わたしなりの遠くを目指して……そこに、誰かがいてくれたら。

この黄ばんだ空の下で、呼べば応えてくれて、だから足を止めないで済むような……そんな友達が。

「今もチトさんより高いですし」

「歩かせるぞ」

声を低くしても、ヤシロは「ほほほ」と笑うだけでまるで動じない。

そうなるとこっちも、凄(すご)むのがバカらしくなる。

本人の頬くらい緩い心境になってしまうというものだった。

「あんたって、目的とかあるの?」

何年も特に疑問に思わなかったことを今更聞いてみる。そんなことに思い至らなかったのはわたし自身、そこまで明確な目標もなく旅し続けているからだろうか。

「一応ありますぞ」

「あるんだ……」

存在自体がふにゃふにゃしている生物なのに。

「もしかしたら、もう終わるかもしれませんが」

「あん?」

こいつここまでに何かしたっけ。きょろきょろする。特にめぼしいものはない。遠くで建物の崩れる音と、その衝撃が靴の裏を鈍く揺らした。立ち止まり、少し上を向く。

「なんだか分かんないけどさ」

「はい？」

「その目的っていうのが済んだら、あんたは」

「あ、いましたねー」

「え」

目的を聞くより先に、人影が目に映って声が止まる。

日に潰れるように伸びた影は背負うような背景の大木より小さいはずなのに、とてつもない距離を錯覚させる。そうして途方もない距離を踏み出せないでいるわたしの下へ、向こうから迫ってくる。影は意志を持って黄昏(たそがれ)から剝がれて、わたしへ辿(たど)り着(つ)く。

車輪の回る音を伴って。

思わず背を伸ばす。

それから、あ、自転車、と引っ張ってくるそれに目が行った。

「えっと、」

相手の声にも戸惑いと、不慣れが混じっているのがすぐに分かった。

ごうん、ごうんと町の崩れる音がこのときばかりは、鼓動めいて感じられた。

やってきた人影は、女の子だった。

黒い髪の、女の子。

わたしがずっと探していた……かもしれない人。

それはいいのだけど。

会うこと自体が漠然とした目的になっていたから、会った後にどうするかが一切頭にない。頭の中は日の光同様に真っ黄色だ。真っ白ほどなにも考えられないわけではなく、中途半端。動けないまま永遠の時間が流れていくように、意識が途切れないという苦痛を味わう。それは終わることのない空が続く、今の星の在り方に感応するようだった。

履き潰されたような靴に、土の匂いを残す頬。年の頃は似たようなものに見える。少し緑がかった瞳は不安そうに揺れて、似たような出で立ちのわたしを見つめている。

わたしはその瞳を見つめ返して、ああ綺麗だなと思ったり、なにか喋らないとって思って少し焦ったり、それから髪の切り方が雑で、ああ向こうも一人で生きてきたのかも、と思ってしまった。

「こんにちはー」

いつもと変わらないのは、リュックに突っ込まれているそいつだけだ。

……考えてみると、初対面にこんなのがいたら心証がまずくないだろうか。

女の子も気づいて、目を丸くしている。

「こ、こんにちは……？」

「はいはい」

「……えっとね」

視線を落として見なかったことにしたみたいだ。賢い。

「人に会えるとは思わなくて」

その一言が、こちらの心の水面を軽やかに叩く。

誰かと出会うために歩いてきたのに。

「わたしも、あまり考えてなかった」

お互いの自己紹介は、この短さでも十分すぎた。

彼女がぎこちなく笑う。笑うこと、笑いかけること、そのすべてに慣れていないように。

わたしたちは鏡のように、未経験を露わにしていく。

息を吸い、彼女が言う。

「シマって言うんだけど、あなたは？」

彼女の声は、氷に触れるように冷たく、そして清々しい。

名乗られたのも、そして名乗るのも。

怪しい生き物に出会って以来で。

だから少し、返事に時間がかかってしまった。

「わたしは、」

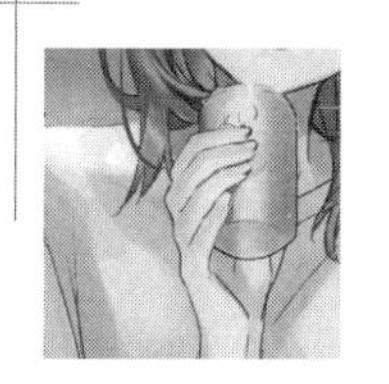

『ムラ』

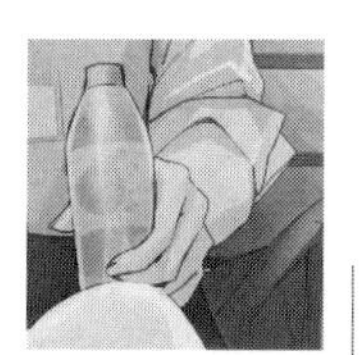

「ここって、他に人は？」

「いない」

私だけが生き残った、と彼女は笑った。

「わたしも同じ。だから町を出て」

彼女を見る。

「ここに来た」

「うん」

そうして、わたしは彼女と出会った。

のだけど。

わたしがぐるぐる回っている場所からは見えなかっただけで、町のすぐ側には大穴が開いていた。なにかが突き刺さって弾けて掘り返したような大穴には、周辺の水の流れが集って滝を作り上げていた。最初に案内された時、覗く際に足が少し震えた。

「落ちたら死ぬね」

滝壺は暗闇と同化して見えてこない。ただ、塞ぎたくなるくらいに流れの音が耳に痛い。ここまでの道のりで音が寂しかったせいもあるのだろう、慣れない。

耳を塞いでいると、彼女は平然と立ったまま景色を眺めている。

「すぐ慣れるよ」

「そうかな」

それはそれで、この風景を前にして勿体ないように思えた。

もう一度、水底を覗く。

「飛び込んだら爽快な気もする」

「死ぬって」

彼女は、困ったように笑うのだった。

そんな滝のある廃墟に留まって、数日間を過ごした末。

わたしは、暗がりに一人屈んでいた。

恐らくは彼女がある程度の時間をかけて整備したであろう、通り道というか……足場のようなものを使えば、大穴の中腹まで下りることができるようになっていた。水汲みなら地上でやればいいから、本当に暇潰しか好奇心な気がする。

もしくはこの大穴の底に世界の秘密でもあるのかもしれない。そっちには今のところ、興味はない。

強度の怪しい梯子のようなものや、崖沿いの細い足場。多少の冒険と危険を経て岩壁沿いに進むのも三回、四回と重ねていくと。

「慣れた」

滝の流れの裏側、小さな屋根となっているように石壁が迫り出ている。そこのくぼみに屈んでいた。耳は勝手に塞がるくらい水流がうるさく、そして寒い。時々水飛沫がかかるのもあって、肩まで冷水に浸かっているような錯覚を起こす。

時間が少し空くと、ここに来るようになっていた。

生きるためにやることは山積みなのに、ぼけーっと。

有体に言うと、サボっていた。

そう生きることをお休み中だった。

「よくないねー」

反省も軽い。重いのは足腰だけ。

滝に押しつぶされるように、一度落ち着くと立ち上がれない。

「おや、こんなところにいましたか」

かき消されることなく、不思議とそいつの声だけは聞こえてくる。呑気に歩いてきたヤシロがわたしの隣に屈んだ。暗い場所に座るとそいつの輝きは一層、儚く映る。

「ここ危ないよー」

「そーなのですか?」

こっちは滝に吞まれそうで大きな声を出しているのに、向こうはまるで変わらない。

「上崩れてきたらぺしゃんこ！」

上を指差すと、ヤシロが反るように見上げて、「ふむ」と一言漏らして。

ぴょーんと、軽快に飛び跳ねる。地面を蹴るような音もなく、ふわぁっと浮いて。

天井に触れてから、何事もなく下りてきてまた座る。

「まだ大丈夫そうですな」

「そ、そですか」

ヤシロが濡れた手のひらを見せてくる。指先の水色が灯りのように働き、その真っ白な手を浮かび上がらせる。小さな指を摘むと、滝の水に触れるようにひんやりとしている。

「なにをしていたのですか？」

「別になにも。ぼーっとしてただけ」

「ほほーぅ」

向こうの声は通るしこっちの声もなんか聞こえているみたいなので、普通に喋ることにした。

「あんたは？」

「用事が終わったので、そろそろ次の場所に行こうと思いまして」

なんてことないように、ヤシロが言う。

「そのご挨拶です」

「……ふぅん」

また、急な話だった。

「ま、いいけどさ」

本当にいいのか探らないまま、表面的に呟く。

「そうだ、あんたの目的ってなんだったの？」

「チトさんが出会うのを見届けることです」

わたし？　と自分を指差すとそうそうと頷く。

「絶対に出会うことは分かっていたのですが、いちおーですね、いちおー」

約束ですし、と前にも聞いたようなことを呟く。

「あなたは、あの人に会うために生まれてきましたから」

恐らくはずっと上にいる彼女を見上げるように、目が動く。

「えぇー、まじぃ……？」

「まじですぞ」

そこまでご大層な間柄かというと、実感がない。どう接すればいいのか分からなくて、ついこんなところに逃げたりもするし。なにしろ人を相手にした回数が片手で数えられる。こいつは人間か怪しいし、と頭を摑む。「むむ？」押すと弾むように上下した。

「そんなお相手だけどさぁ……こう、なに話したらいいのかなとか」

どれくらいの態度と距離で生活していけばいいのかとか、測りかねていた。

「なんでもいいんじゃないですかねー」

「相談する相手を間違えていると反省した」

色々雑だもんな、こいつ。

「出会った以上は、なんとでもなると思いますが」

「そうかなぁ」

「丸を描くのに必要なものはなにか分かりますか？」

まーる、と相応しく丸っこい声で宙に円を描いた。爪からこぼれる粒子が水色の軌跡でまん丸を形作るのが見える。その摩訶不思議はあっという間に滝に呑まれていく。

いきなりなんの話だろう。

「なにって、うーん……」

お難しい話は苦手だ。考え込んでいると、ヤシロが答える。

「必要なのは線です」

「そのまますぎた」

「一カ所でも欠けると、絶対に成立しなくなる」

もう一度描いた水色の円から、ヤシロが斜め下を摘むように引っこ抜く。

「丸とも言えない歪なものが出来上がってしまうわけですな」

「ふぅん……」

欠けた丸がどういう力が働いてか、無理に繋がろうと形を変える。

ヤシロの言葉通りに歪な、丸の出来損ないが生まれては消えた。

なるほど。

「で？」

「終わりですが」

「さっぱり分かりません」

「それは困りましたな」

ヤシロは流れ続ける水を真っ直ぐ見つめながら、少し間を置いて。

「さっき作った丸がこの世界そのもので」

「うん」

「欠けた部分がチトさんとシマさんだったと思ってくれたらいーです」

シマさん。……ああ、彼女か。なんか名前呼びにはまだ慣れないな。

人の名前を呼ぶ機会が少なすぎて。

しかし、大きく出たものだ。先ほどの丸と、離れた線を比較して思う。

「わたしたち、そんな重要？」

「ですぞ」

ヤシロがこくりと頷く。

「というか、どれも必要なのです。同じようなものを作るためには、まったく同じものを用意する必要がある。その一つにあなたたちも当然含まれている、ということなのですよ」

「同じ」

反芻するようになぞりながら、普段食べているものを思う。

よく口にする赤い果実は、味や出来栄えに違いはあっても恐らく大体同じものでできている。そうでないと、毒とか困るし。そういうことを言いたいのだろうか。

「そういう相手なのですからきっと、どうあっても上手くいく。それも必然だと思いますぞ」

「そう……?」

普段はただ緩いだけの生物なのに、時々、何もかも見透かしたように発言する。

空から降ってきた、本当に謎の多い存在。

ここに来るまで一体、こいつはなにを見てきたのだろう。

前を向いて、顔に纏わりつく水気を拭う。

なにもかも。

「わっかんね」

「チトさんがもう少し大人になったら分かるかもしれませんね」

「なんだこいつ生意気だな」

頬を包んでむにょむにょ押す。柔軟に顔の形を変えるヤシロが「ほほほ」と変わらず笑う。どこから声が出ているんだろう、こいつ。手を離すと、わたしの指先も水色のものに満ち足りていた。眺めている間に少しずつ剝がれて散っていくそれを、少し惜しく思う。

「そーいうわけで、シマさんと仲良く楽しく生きてください」

そーいうわけが、どーいうわけか知らんけど。

「楽しく……楽しくねぇ」

この世界で。楽しいってなんだ。

右を見ても左を見ても廃墟しかない町で。

彼女と出会って数日経っても、見えてくる様子はない。

「……ま、仲良くなるっていうのは、良い目標かもね」

膝を撫でて、滝の音に耳を奪われながら言う。

「会ってから、なんかやることなくなったなーと思ってたからさ」

人と出会うことが目的だったから、終わるとかえって途方に暮れてしまった。別の場所へ次の人を探しに行く気にもなれなくて、適当に移動してきたから元いた町に帰るのも恐らくはもう無理で。つまりもう、どこにも行けないからここしか自分の生きる場所はない。

そこには、自分以外にもう一人いて。

焦燥めいた、落ち着かない気持ちが胸を巡る。

「あんたはこれから、どこ行くのさ」

うーん、とヤシロがなにも考えてなさそうな緩い顔で悩んで。

「次に行く場所は特定してあるのですが、その前に温泉でも行ってみますかな」

「おんせん？」

「お風呂は苦手ですが、温泉はけっこー好きなのです」

風呂は分かるけど、おんせん……失われた文明の中にそういうものがあったのだろうか？

風呂と比較するということは浸かるものか。……水のお風呂？

「なんかよく分かんないけど、いいとこなんだ」

はい、とヤシロが頷く。

「一度だけ、行ったことがありますぞ」


「しまむらって、あったかいところ、好き？」

また遠回しな質問が来たものだ、とその意図を少し考えてみる。

心理テストの可能性を考慮した後、なさそうと判断して素直に答えてみた。

「そーねー、好きかも。布団の中とか」

一日中いるならどこと考えると、季節にもよるけど布団の中は割と理想的に思える。寒がりなのもあるし、やっぱり暖かい場所の方に自然と吸い寄せられてきた人生だと思う。

床に正座中の安達は勧められたクッションを丁寧に隣に置いたまま、いつも通り挙動不審だった。膝に置かれた指は鍵盤でも叩くように忙しなく上下している。

金曜日、唐突に家に来たいと言って安達がやってきて、既に夜の端が指にかかり始めていた。わたしと安達のいる二階の部屋に窓はないけれど、温度が日の沈みを示している。

で、この安達である。

「布団も、大事、だけど」

「はぁ」

大事なのか。なんで赤くなるかは分からないけど。

「布団よりもうちょっと、開放的で」

もごもご、と安達が謎を深めてくる。布団より、開放的……難しいな、このなぞなぞ。

こっちのお脳を考えて、食べられないパンはなーんだくらいのクイズにしてほしい。

ちなみに以前、母はこのクイズに高校のカレーパンと答えていた。人参が生で硬かったらしい。そんなどうでもいいことを思い出しながら、さて、分かんないねと現実に向き直る。

「癒されるっていうか……」

「そろそろお話を纏めて頂けると助かるのですが……」

わたし現国の成績芳しくなかったのよ安達ちゃん。こっちまで正座しそうになる。

真っ赤な安達は観念したように顔を上げて、その頬の赤みを飛ばすように声を出す。

「温泉、行かない？」

クイズの答えは確かに、癒されるし温かそうなものだった。

「温泉」

うん、と安達が頷く。もうすっかり肩までお湯に浸かっているような安達だなぁと思いつつ。

「二人で？」

うんうんうん、と安達が三回頷いた。それから、恥じ入るように耳が赤くなる。まだ赤くなれるのかと少し驚く。

「あ、私のお金で！」

慌てて付け足した一言は、わたしの立場を著しく貶めないかと不安になる。

「彼女の金で温泉来ましたうぇーいって聞こえすごく悪くない？」

ヒモじゃんわたし。わたしを悪い女にしたいのだろうか安達。

「ぜ、ぜんぜん」

「そうかなー」

「私が使いたいから、使うだけだし」

左の耳にかかる髪を癖のように除けながら、安達が言う。なるほど、自分のためにお金を使う。それは正しいことだし、止めるのはおかしい。そしてその結果としてわたしがヒモになるというなら、まぁ、受け入れざるを得ない。

得ないのだろうか？

「んー」

二人きりで温泉旅行。そしてこの顔まっかっかな安達。この二つが意味するものは。

「んー……」

考えるまでもないのだけど、遠回しにならざるを得ない。

これは得ないと思う。

「え、そういうの？」

わざわざ聞くのは意地悪かもしれないけど、つい口に出てしまった。

安達が向かいからの突風にでも襲われたように、顔を上げて硬直する。顔色がころころと変わりすぎた結果、青白いいつもの安達に戻ってしまう。そのまま見つめ合い、やや気まずい。

「もぅー、安達ちゃんったら」

親戚の気のいいおばちゃん気取りで安達の肩を叩く。するとまた安達がすぐ赤くなったので安堵する。やはり安達は多少気が動転して赤みがかっていた方が落ち着く。わたしは。

「そ、そういうのっていうか」

喉が途中でつかえたのか安達が噎せる。こういう安達はいいんだけど、さて、温泉。

海外旅行にいつか行く約束はしたから、漠然とそこを見定めていたので慌てて目の焦点をもっと身近なものに合わせる。安達と旅行に行くくらいは構わないけれど、その安達ちゃんの思惑を踏まえると、少し返事が重くなる。

わたしだって多少の恥じらいくらいはあるのだ。

「んー……」

とはいえ、別に、みたいなところもあって。

今更感というか。

わたしは安達好きかって言ったら、きっと好きだし。

安達はわたしが好きかというと、もう、疑う余地もないくらいだし。

そこに加えて今、隙間風に身が震えたのが決め手となった。

「うん、いいか。行こう」

温泉に容易く釣られるのがわたしなのだ。

安達はわたしの返事にあまり喜ばず、恐らくそれどころではなく、うんうんうんうんと何回も頷いた後、猛然と立ち上がる。

「じゅびんがあるから！」

「じゅびん？」

なんだか語感がいい。

「じゅ、じゅんび」

力なく言い直した安達がすり足のように移動して、部屋からじりじりと出ていく。その動きは冷静であり、動揺などしていないというアピールだろうか。遅くない？　扉の向こうに消えた後、乱雑な足音が聞こえてきて台無しだった。ピンボールみたいに壁にでもぶつかったような音もした。せめて階段は安全に下りてくれることを祈る。

「準備て」

なんの、とか考えるとさすがに照れてしまう。いや旅行の準備だけどね、うん。

「わたしも旅行のじゅびんを……なに用意しよう」

ちょっと温泉に泊まってくるだけなら、大した支度もいらないだろう。

でもあれーやこれーやあいーやと来るなら、その、なに。

「え……なにすればいいの」

……勉強？

勉強……。

勉強？

「頭痛してきそうだ」

けっこう大変なんじゃないだろうか、諸々。その諸々を分解すると更に大変極まる。

だから敢えて触れないで、今は見なかったことにして。

ただ、純粋に分かるのは。

「安達はわたしの裸をまた見たいんだなぁ」

口にすると、なかなかどうして、恥ずかしい。

じわじわ来て、後ろに寝転がる。こたつからはみ出ているけど、寒さも今は大して気にならない。少し笑ったり、目を横に逸らしたり、安達のことを考えたりする。

暖かくなることをぽかぽかって表現するけど、今、そのぽかぽかを感じていた。

「安達はシンプルでいいなぁ……」

それもいいね、と思う。

ちなみに、キスは少し前に済ませていた。

する前に安達が舌を噛んでしまっていたので、血の味がこちらにも伝わってきて。

安達の血を舐めて味わったという事実を思い返すと、ぞわっと背中が波打つのだった。


結論から言うと、割と近場の温泉旅館に来た安達は浴衣に着替えるまではよかったけれどテレビを点けようとしてリモコンを滑らせて危うく窓にぶち当てそうになり、慌てて拾いに行こうとしてテーブルの端で脛を強打した後、淹れたての湯気だらけのお茶を一気飲みして苦しみ、この世の苦しみを一身に背負ったような表情で尚もこの現実に立ち向かおうと勇ましく立ったところで起きた立ち眩みに、遂に倒れていた。

「耳鳴りが酷い……」

小さな和室の方の畳に転がる安達が、そんなことを呻き声のように漏らす。

「いや立派だったよ」

追い詰められた英雄が戦い続けるかのようだった。

「しまむらの言ってることが分からない……」

「耳鳴りが相当重症のようだ」

「そういうことじゃなくて……」

額でも痛むように顔の片側を押さえる安達の、残る目がちらりちらりとわたしを見る。

その視線も、有体に言うとちょっとえっちくわたしを見ているのかなぁと想像すると、こっちも目のやり場に困る。いや安達はそんな子じゃないと思いつつ、でも温泉に誘ってきたしなあと、今の慌てぶりを思い返す。こっちも目がぐるぐるしてきそうだ。

「えーと、ちょっと温泉入ってくるね」

安達を見ていたらこっちも慌てて汗をかいたし。

「私も、行く、」

安達が慌てて起きようとするのを、言葉で制する。

「安達さんはこう、なんというか、少し落ち着いてみるのはどうでしょう」

このまま温泉に行ったら、またその場で目を回しそうだし。

安達もさすがに体調悪化の自覚はあるのか、無理には起き上がろうとはしなかった。

「……ん」

目を瞑る安達が、小さく頷くのを見てからその額に手を置く。

「わたしも頭冷やしてくるね」

冷やすほど熱くもない気はしたし、温泉に入って頭が冷えるかはいささか怪しいけれど。

息を吐きながら通路に出て、ロビーの前を経由して温泉を目指す。温泉へ通じる道は他と違い絨毯が敷かれていない板張りだった。その上をスリッパがパタパタと鳴る。

「んー、あれだね……」

どういう雰囲気になるのが最適なんだろう。

面倒くさいし取りあえずどっちも素っ裸になっちゃえばそれらしい雰囲気にならないだろうか。……だめか、これだとなんとなく小学生のプールっぽい。

難しい。

そんなことを考えながら温泉に吸い寄せられていくと、「ん?」スリッパのパタパタに、ぺったぺったがいつの間にか増えている。

馴染みのある足音を背後に聞いて、振り返る。

「む」

目が合ったら、そいつはだるまさんがころんだみたいに右足を上げたまま固まった。

「こんにちはー」

その姿勢のまま普段通りに挨拶してくるのは、言うまでもなく、神出鬼没の宇宙人。

今日は鳥……多分鳥、のパジャマだった。大きいトサカがあるのでニワトリなのかもしれないけど、羽の部分は先端に向かうにつれて青みを増していた。

「あんたいつの間に」

「退屈だったのでてれぽ」

ぴたっとヤシロの口が停止する。

「歩いてきてみましたぞ」

「今テレポートって言った？」

ほほほ、と笑ってごまかされた。

旅行先にこいつの姿があると、高校の修学旅行を思い出してしまう。

「また鞄に入ってたのかと思った」

「今日はしまむらさんのお家に行っていませんので」

「ふぅん。妹寂しがるよ」

「では後で行きましょう」

「んー……」

当たり前のように推奨したような形になったけど、ま、いいか。

しかし、本当にどこにでも現れる。

ずっと高い場所から世界を見下ろして、一跨ぎにやってくるように。

「ところでここはどこでしょーか」

通路の真ん中できょろきょろする。

「歩いてきたのに分かんないのか」

「気の向くままでしたので」

「温泉」

「おんせん……ほぅほぅ」

分かってなさそうだった。普段寝転がって見ているテレビで特集くらいなかったのだろうか。

ぺったぺったと一緒についてくるけど、当然、ここに入る時にお金なんて払ってないんだろうなというのは察する。このまま連れて行くのは……さすがにまずいか。

「仕方ない」

暖簾を目の前にして引き返して一応、ヤシロの入浴料だけ支払っておいた。年齢など誰も信じないので、見た目に合わせた子供料金だけど。

「おぉ、おかねがいるのですか」

「山のお猿みたいなものだけど一応ね」

払って、鍵を受け取り、摑んで、また向かう。ヤシロの格好と外見に受付の人が驚いていたけど笑って流した。

「かたじけない」

「いつもかたじけてない気がする」

お金がなくても生きていけるとか羨ましい立場ではあった。

わたしも少し大人になって、お金の価値が重くなってきている。

そう、時間は確実に経っているのに、ヤシロはまったく変わらない。最近は妹の背も伸びてきて差が広がっている。なのに本人たちは関係なくきゃっきゃとじゃれ合っているだけだ。それはそれで、理想的なのかもしれない。

「楽しみですねー、おんせん」

「分かってる？」

「なに味でしょう」

分かっていなかった。

庭の景色と光を取り入れたガラス張りの通路を進み、暖簾の向こうへ行く。暖色に照らされた木製の壁と、少し濡れた床がわたしたちを出迎える。

その脱衣所を観察しながら、ヤシロが呟く。

「これはもしや」

「ほら脱いで」

言いつつ脱皮……もとい脱いで、パジャマの下にはなにも着けていないヤシロが裸でてってこと奥に走っていく。こちらの脱いだものとそれを一緒に纏めてから、後を追う。脱衣所の様子や物音を聞くに、他に客はいないようだった。ヤシロがいるので丁度いいかもしれない。

戸を開けると、真っ先に熱気が顔を撫でる。入り口の右側にかけ湯があり、そこから壁に沿ってシャワーが用意されている。タイルの床は濡れて、独特の光沢を放っていた。奥の大きな風呂にやはり人影はなく、お湯の流れる音がどこかから聞こえてきた。

一足先に向かっていたヤシロは入り口の近くに突っ立っていた。

「お風呂ではないですか」

「なに味だろうねぇ」

ぺったぺったと湯船に近づいて、屈んでお湯に手を浸す。

「お風呂の温度ですな」

「それがいいのに」

ヤシロは蝶の羽の形に結んだままの髪を左右に振って、湯船の波を確かめた後。

「ぴょーん」

「身体洗ってからね」

飛び込もうとしたヤシロを宙で摑んで運ぶ。そのままシャワーの前まで連れて、置く。

向き合う鏡にはちゃんと、ヤシロが映っていた。

時々映らなかったりするのである、こいつ。なにを言っているのか分からないけど。

「温度調節とかできる？」

「なんでもできますぞ」

自信満々にヤシロはシャワーの蛇口を捻り、頭からお湯をかぶった。

なんの調節もしていないけど、平気そうに顔面で受け止めている。

「じゃばー」

「頭ちゃんと洗いなさいよ」

言われて、ヤシロが自分の頭をかき混ぜるように雑に洗い出す。

前から気になっていたのだけど。

「それ、ほどけるの？」

「はい？」

結びっぱなしの髪の蝶を指すと、ヤシロが「少しお待ちを」と結び目を引っ張る。

「ぎゃー」

「なにしてんのあんた」

でも悲鳴の割に本当にほどけた。取り外したように下りた髪がヤシロの背中を覆う。

髪を下ろすとまた、印象が変わるものだった。

大人しく、儚げな美少女に見える。

「どーしました、しまむらさん」

髪とシャワーの水色の滝を顔面に浴びたまま淀みなく話しかけてくる。そしてよく見ると、髪が水をほとんど吸い込んでいない。

表面を流れ落ちているだけだった。

「ん、別に」

使うか分からないけど、奥に重ねて置かれていたプラスチックの桶を渡す。

「しょーさんもわたしをお風呂に入れたがりますな」

「ほっとくと入らないからじゃない？」

「プールは好きですぞ」

「あったかいプールだと思えば？」

「おぉ、それはいいですな」

湯船の方を一瞥して、ヤシロがニコニコする。

泳ぎ出すかもしれない。

余計なことを教えたかもしれなかった。

身体を洗った後、髪を上に纏めている間にヤシロが先に湯船へ走る。

「床濡れてるから走らないの」

注意が届く前に、ヤシロは湯船に納まっていた。まったく、とぼやきながらわたしも向かう。

段差になっている部分を踏むように足を浸けるとお湯の温度はかなり熱めで、冷えていた指先は鈍い痛みさえ感じる。ゆっくりと浸かるわたしに対して、ヤシロは既に頭まで浸かりきっている。……頭？

髪の毛の一部だけが水面に浮かんだまま、ヤシロが湯船の中を行ったり来たりしている。

「シュールな」

水色のクラゲが泳いでいるようだった。

「と、こらこら」

ヤシロを抱き上げる。ヤシロは特に抵抗なく持ち上がって、水色の水滴を垂らしている。

「座ったら頭が出ませんでした」

「そりゃあね。温泉では髪を……髪かなこれ」

これ、本当に髪の毛なのだろうか？　という疑惑もあったりする。水滴が表面にしかくっついていないというか、くっついている不思議なことに。色々ややこしそうな生き物になにを言えばいいのか分かりづらい。分かるのは「たぁー」と泳ぎ出そうとしたヤシロの首根っこを摑むことだった。

「とにかく髪の毛を湯船に浸けてはいけません」

「そーなのですか？」

「なのです」

「仕方ありませんなー」

言うとヤシロは、髪を操作でもするようにうねうねと逆立てる。ひぇ、となった。

「これでいーですか？」

「ええまぁうんもういいや。あと、お風呂は泳いじゃいけません」

「なぜです？」

「他の人に迷惑かかるからです」

「いませんが」

きょろきょろしてくる。いませんね。

「いることにしなさい」

大人しく隣に座らせる。ヤシロは段差に腰掛けても尚、口元が湯船に埋まりそうだ。

そうしているとすぐに、ヤシロの足が水中で上下する。落ち着く間もない。

「退屈ではありませんかねー」

「ぜんぜん」

意識を湯にくぐらせるようなこの時間が良いのに。

中庭と向き合い、肩までお湯に溶けて、意識が肌を伝う汗と共に流れるように、心地いい。

「しまむらさんはなにか考えていたりしますか？」

「わたし？　わたしは、そうだな……」

お湯を掬い上げてはこぼしながら、少し考えて。

「こうやってぼーっとしている間にも、同じ星のどこかで大きなクジラが泳いでいたり、人の目の届かない深海で想像もできないような生き物が生きているんだって思ったりして、不思議な気持ちになってるよ」

それは遠くの光に目を細めるような行いでもあった。

まったく知ることのない世界があって。

でもそこと確かに繋がっている自分がここにいて。

ああなんだか、不思議だなぁって気持ちが浮遊する。

その浮遊感がお風呂の温かさと相俟っていい感じに働くのではないだろうか。

ほーほー、と鳥の鳴き声のようにヤシロが適当に頷く。

「よく分かりませんなっ」

「でしょーねー」

理解は期待していない。わたしがこいつを大ざっぱにしか認識していないように。

「ただそうやって思いを馳せる時間が好きなのよ、わたくしはね」

事細かい日々から少し距離を置いて、意識が指先まで巡るようで。

自分の中心を改めて意識できるような……そんな感覚だ。

人に分かってもらうのは難しい類だと思っている。

「ではわたしもはせましょう」

ぼけー、と口を半開きにして正面を見つめている。多分馳せていない。

「あんたは晩ご飯のことでも考えてた方が楽しそうね」

「それはいいですな」

それから少しの間、大人しくしていたので本当に晩ご飯について思い耽っていたらしい。

わたしも、家ではなに作るんだろうなーって、少し釣られるように考えてしまった。

「安達さんはおんせんには来ないのですか？」

急に聞かれてぎょっとする。部屋も覗いていないだろうになぜいるのが分かるのか。

「あんたって……」

「はいわたしがなにか」

「……すごいね」

「わー」

褒められたヤシロが雑に喜ぶ。上げた手の動きで生まれた波がわたしを打つ。

「安達は……わたしを待ってる」

肩に手を置きながら、現実を直視する。

「では、早く行ってあげないといけませんな」

「……そーだね」

意図していないだろうけど、変なところでわたしの背中を押すやつだ。

前からそういうところはあって、おかしなやつだなぁとちょっと笑う。

全部見透かしているのか、なにも分かっていないのか。

「むむ？」

いつの間にか結ばれて元通りになっている頭の蝶を、ぱたぱたと、指で羽ばたかせた。

それから風呂上がり、ロビー前の売店で買ってあげたアイスを片手に、ヤシロがほくほく湯気を上げている。

「おんせんもよいものですな」

「あんたは温泉じゃなくてアイスの方でしょ？」

「ほほほ」

二人でむっちゃむっちゃと食べた。アイスの冷たさが鎖骨あたりにじんわりと染みる。

その間にぼけーっとロビーを見回して、意外なものへの案内を見つけて、へーと言ったりしていた。

本当にあるところにはあるものなんだなぁ。

「さて」

部屋に戻らないと。でもこいつはどうしようと思っていると。

「ではおやつの時間なので帰りますぞ」

「今アイス食べたじゃん」

「おやつはたくさんあると尚嬉しいのです」

欲張りさんがてってってとどこかへ走っていく。そして通路の突き当たりまで行ってから、
ちらりとこちらを見る。

「決して覗いてはいけませんぞ」

「昔話の鶴?」

ではさよーならーと手を振って曲がっていった。客室しかない方向に。

多分追いかけたらもう消えているのだろう。そういうやつなのだとだけ思うことにした。

部屋までついてきても困るけどさ。……意外と空気を読んだのだろうか。

「いやないな」

そんなもの読むヤシロとかなんか嫌だし。あいつはもっとこう自由というか、しがらみなく
浮遊しているように……まぁいいや。火照った頭で考えるのは諦めて、温まった足をふらふら
ご機嫌に躍らせて安達の待つ部屋へと戻った。

扉の前まで来て、右肩をぐるぐる回す。

「うっしうっし」

なんとなく、気合を入れる。

「ただいまー」

「にーげーな……あ」

敢えて明るく部屋に入ると、安達が腕を上げて元気しているところだった。

「あ、失礼」

もう少し肩を回していればよかっただろうか。でも回しすぎて外れてしまうよ。

安達は布団の前に正座してわたしを待っていた。好きだな正座。

そして布団。安達が目を回しながら敷く様を想像して少し笑いそうになる。

安達が恥じ入りながら、するするすると腕を下ろす。

「いいお湯でした」

座りながら報告すると、安達はガチガチと音でも立てるような調子で小さく頷く。

硬い。堅あげ安達だ。こっちは温泉でふにゃふにゃになってきたので釣り合い取れている可能性は、まったくない。

「いや本当にありがとうね」

連れてきてくれて。

さすがに全額は心苦しかったので、わたしもそこそこは負担したけど。

「あ、立ち眩み治った？」

安達がまた頭を上下させる。激しく振ると再発しそうなので控えた方がいいと思った。

「安達も後で入ってくるといいよ」

「う、うん」

ようやく安達の声が聞けてほっとする。それでもまだまだ堅苦しい。ボンドでも全身に塗ったような動きで腕がぎこちなく位置を変える。目だけがぎらぎらと、熱を帯びていた。

「一緒に、入ろう」

「わたしまた入るの？　いやいいけど」

ヤシロももう一回飛んではこないだろう。

「というか夕飯もまだなのだけど」

敷かれた布団に苦笑すると、安達がぽんと気軽に爆発する。

その内顔だけじゃなくて、髪まで真っ赤になってしまわないだろうか。

安達からの強風が、わたしを巻き込む。

「しまむら！」

「はい」

「私は！」

「声大きいよ」

旅館なので、あまり騒いではいけません。

「そういうことが！　したい、とかじゃなくて」

勢いはまったく持続しないで、最後は貧弱そのものだ。水をやり忘れたヘチマくらい萎れそうな安達が、でも踏ん張って上目遣いでこちらを窺ってくる。

大声で宣言されると、こっちもどう出ればいいのか迷子になってしまう。

「違うのか……」

「あ、ちがわ……いや、違う、ような、違わない、のも正しいような……あの……」

どうなのかな、みたいにこちらに意見を求めるような目を寄越されても困る。

安達も縋るような目は誤りと悟ったのか、膝をぐりぐりと手のひらで押しつぶすような、前屈みになりながらも、頭を動かし始めたようだった。

「そういうことを求めてる、っていうのは多分本当に真っ直ぐそのままじゃなくて」

「うん」

安達なりの言葉をちゃんと聞こうと、聞き手に回る。いくらでも待つ。

「私は、しまむらが好きで」

「どうも」

会えば一日二回くらいは告白されてる気がする。

「しまむらに触れるとかぁってあったかくなって、それが自分の肌を走る感じで、ああもっと近くで触っていたい、顔を寄せたい、感じたい、くっつけたい、ぎゅうっと、みたいなのがどんどん大きくなって……足の付け根とか、肘の裏とか、触れたらどんな……」

ぽろぽろとこぼれた心の声に、安達がハッとなるようにして。

「なに言ってんだ私……」

自己嫌悪するように俯く。安達本人からすればめちゃくちゃで、纏まりなく、呆れるばかりの醜態を晒したと感じているみたいで、事実それは半分くらい正しいのだけど。

こっちには、とてもしっかり伝わっていた。

ああ、愛されているんだなぁと実感する。

なんていうか……心って普通は見えないもので感情を正確に届けるのもとても難しいはずなのに、安達は、それを簡単に目に映るようにしてくれる。前に誰かとそんな話をした気もした。

わたしは多分、何よりも、そういうところが。

「来る前にも言ったけどね」

触れる安達の手首は、温泉のように熱い。

「わたしは暖かいものが好きだよ、安達」

だからこれから触れる安達のことを、きっと、良いものだと思えるのだろう。

応えたいと、思えるのだろう。

というわけで、応えた。

「実は安達とやりたいことを見つけてきた」

「え？」

わなわなと指を震わせていた安達が、びくっとした。

「さあいこーか」

安達の手を取り、立ち上がらせる。ぽかんとしている安達を引っ張っていくわたし、というのは結構珍しい構図じゃないだろうか。部屋を出て、鵜飼いアートの前を通り、湯上がり処を覗きながら、案内に従って奥へ向かう。すると、本当に用意されていた。

左右の窓をからし色のカーテンで仕切ったその空間に、青い卓球台が二つ。

「卓球のできる旅館ってあるんだねぇほんとに」

ご丁寧に『温泉卓球』と書いてある。しかも手書き。字もちょっと消えかけ。

台の上に並べて置かれたラケットの、青いラバーの方を手に取る。この展開にぼけーっとしていたままの安達に向けて、ラケットをひらひら振ると、「なるほど」と呟いた。

安達はなるほどした割に、髪を弄ったり俯いたり額を押さえたり、なんらかのなるほどするのに忙しそうだった。その間にわたしは他に人はいないなーとか、隅の椅子とか、あまり使われていそうもないけど卓球台がにちゃっとしていなくてちゃんと掃除してるんだなぁとか、そんなことを確かめていた。

「あれ、駄目だった？」

久しぶりにどうかなと思ったのだけど。安達のご希望は……えっとー、後だ、あと。

今はエモーショナルな感じを欲している気配なのだ。

安達がぶんぶんぶん、と頭を横に振る。垂れた髪と合わせて、いつ見ても犬っぽい。

「や、やーるよー」

「どんなキャラ？」

まだ若干の動揺が窺える安達が、台の向こうへと走っていく。

「懐かしい？」

聞いてみると、安達は目を一度泳がせて。

「そんなには」

安達の答えに、わたしも、そうかもってなる。まだあの体育館にいた時間は遠くない。

あの時に二人で感じていたものは、もしかするといつまでも身近に残り続けるのかもしれない。

あれが、わたしたちの原点だから。

「サーブわたしからね」

勝手に決めて構える。安達が、「うん」と頷く。

左手にラケットを構える安達を見ると、室内の温度が増したように錯覚した。

そして、ちょあ、とピンポン玉の右側を意識してラケットを振った。

打点も低く、綺麗に腕を振りぬく。

放たれたピンポン玉は、跳ねて、曲がって、ネットの上をぎりぎりすり抜けて安達側の台の端を掠めながら部屋の隅に転がっていった。打ち返すこともできない安達が、目を丸くする。

「変化球」

「十回に三回くらいしか曲がらないけどね」

しかも曲がると大体台から外れる。曲がらない方がゲームになる、捻くれ魔球だ。

「ふっふっふ」

不敵に笑いながら、ピンポン玉を拾いに行った。絨毯の上を歩いているのに、乾いた音を幻聴に聞く。着ているものを浴衣から制服に替えても、まだ通用するだろうか？

ピンポン玉を拾い、台の前に戻る。

少し閉鎖的で、でも埃の匂いはしなくて。

あの頃と、まったく違う場所で。

そこでもわたしと、安達がいる。

これまでに笑い、これからもきっと、笑う。

「やるじゃん」

安達が少し遅れて、にかっと、昔を意識するように笑い返す。

その笑顔に、愛してるぜ、と口の中でだけ呟く。

ほら、暖かくなった。

「あ、こんなところにいた」

さっきも言われたような気がした。彼女が慎重な足取りでやってくる。

「遠くから見てたら、きらきらしたものが見えたからさ」

「ああそれはこれ」

これ、とヤシロの髪を指す。結んで羽のように広がる部分に指を入れて振ると、「ぎゃー」とやる気なく悲鳴を上げた。ついでにきらきらの正体……というか粒子が舞い散る。

今更だけど、なんだろうこれは。

彼女の履き潰された靴が地面と水滴を踏む音を立てる。そうして、ヤシロを挟んでわたしと同じように屈んだ。彼女はヤシロが物珍しいらしく、髪を摘んだり頰を摘んだりする。

……というか。わたしと似た境遇なら、人間自体が珍しいか。

「ほほほどうされました」

摘まれている本人は気にせず朗らかに笑っている。

「遠くに行くと、あんたみたいのがいっぱいいるの？」

「わたしみたいなのはどこにでもいますぞ」

いないいないない、と手を横に振る。記録に残っているものを覗いたくらいだけど、こんな頭のやつは一人としていなかった。あと空の果てから降ってくる人間もこの星にはいない。

「へぇー、会ってみたいねぇ」

彼女はあっさりと信じたのか、そんな希望を漏らす。

「こんな世界じゃなかったら、探しに行けるのにね」

「案外これから行けるかもしれませんよ」

「歪なものが綺麗な形に戻って、世界はこれから安定するかもしれませんし」

「えー、無理無理」

ヤシロの発言に、来たばかりの彼女は首を傾げる。わたしも傾げたくはなるけど、少し考える。さっきの話で作った円を思い浮かべる。一部が欠けた円がこれまでの世界で……わたしたちが出会ったから、綺麗な丸を描いたということだろうか。

わたしと彼女、ちょっと壮大すぎやしないか。

世界を救うほどの出会いには思えないけどねぇ、と訝しむ。

まぁ、ヤシロはいつも何もかも怪しいのだけど。

彼女は伸びる頬が気に入ったのか、ヤシロの顔で遊んでいる。えらく嬉しそうだ。

ヤシロの方も同じく。

お互い、出会ったばかりなのにどこか気心が知れているように。

それから、もにょーっと頬を伸ばしたままのヤシロが立ち上がる。

「ほっぺ」

「おっと」

指摘するとすぐにこねこね弄って直した。そうして、わたしを見上げて。

「楽しかったですぞ」

別れの挨拶の代わりみたいに、ヤシロが、わたしに言う。

「……ん」

こいつとのこれまでの、変わり映えもしないと感じていた毎日。

楽しいってなんだとさっきは思ったけど、なんだ。

こんなことか。

「わたしもだ」

握手を交わす。握るというより包むくらいに小さな手と繋がって、そして。

「ではさよーならー」

ぴゅーっと、なんの躊躇いもなく走り去ってしまった。

「おーい、走ると危ないよー」

彼女が少し独特な調子で心配する。だいじょーぶでーすと滝の向こうから聞こえたような気がした。最後まで風情ないやつ、と笑っていると次第、滝の音が増していく。

話に逸れていた意識が、段々と周囲に拡散していくのが分かった。

耳の側を流れ落ちるように、水音が寄り添う。

そうして残るのは、わたしと彼女だけ。

ヤシロがいなくなったらもしかしたら、この世界で二人きりになるのかもしれない。

「寂しそう」

指摘されて、頬と鼻についている水気を拭う。

「まぁなに、それなりにずっと一緒だったからね……」

急にいなくなると、自分の身体の一部がどこかに行ってしまったようだった。痛みはなく、ただ隙間が空くように。もう二度と会えないのか、と考えるとつい、上を向いてしまう。

寂寥とはまた違うとは思うのだけど、上手く言い表せない。

大きく息を吐くと、滝に沈むように身体が深く溶けていきそうだった。

「なんか戻ってきたけど」

「あら？」

目を凝らすと確かに、回り込むように走ってくる小さな影がある。なんだなんだ、と待っていると。

「よい時間なのでお昼ご飯を食べてから行くことにしました」

「色々台無しだこいつ」

流れ星が下らない理由で引き返して、もう一度尾を引くようだった。

「ささ、どーぞ」

どこから調達してきたのか、赤い果実をわたしと彼女にも渡してくる。

「あらどうも」と受け取った彼女が歯を立てるのを、ヤシロは満足げに見ていた。

そして本人もがしがし齧る。

「うんめー」

そのまま芯まで余すことなく咀嚼し続けるのを見て、彼女の目が丸くなるのだった。

食べ終えたヤシロが再び、しゅぴっと挙手する。

「ではまたさよーならですぞ」

「あ、はい」

彼女が小さく手を振る。ヤシロはそれを見て、にこやかなものを残して走っていった。

「余韻のないやつ」

少し待ってもさすがに帰ってこない。でも怪しいので数分は待った。

「……来ないと」

自由なやつだった。彼女を横目で窺うと、残った芯をじっと見つめていた。

「がじ」

「あっ」

彼女が芯にかぶりつく。そして頰が数回動いた後見せたのは、苦悶の皺だった。

「やっぱり無理でしょこれ」

「あいつの真似はしない方がいいよ」

「おいしそうに食べてたから、もしかしたら芯までおいしい種類なのかなって」

残念、と彼女が中途半端にえぐれた芯を悲しそうに諦める。

ひょっとすると、けっこう変な人かもしれなかった。

「今の子、もう帰ってこないの？」

「うぅん、多分」

それも残念だ、と彼女が笑った。それから、膝に置いた指が真っ直ぐ伸びる。

指は岩壁に跳ねる水沫に向いていた。

「ここ、私もたまに来るんだ」

「……ここまでのあれこれって」

「うん、私が設置した。途中で止まっちゃってるけど」

色々やることが増えて、と彼女が首を掻く。

「涼しいよね」

「寒いかも」

それは温度もあるけれどそれ以外に、イメージの問題かもしれない。

ここは黄昏が届きづらい。消えない斜陽から逃れて、薄暗く、切り離された別世界に座り込んでいるようだった。岩に押しつぶされた暗闇をそっと踏んでいるような状況が、視覚からも温度差を取り入れている。

どこも大して変わらない風景をいくつも、何年も越えてきたから、新鮮だった。

多少天地をひっくり返せば、こんな世界でも知らない景色は眠っているものだった。

そうして、少し黙って滝と向き合う。途切れない滝の音は、生き物の鳴き声のようだ。

「…………」

ちょっと嘘が入っていた。

ヤシロが大げさなことを言うものだから、つい、彼女の横顔をちらちらと覗いてしまう。彼女は本当に正面の水飛沫をぼんやり眺めていて、視線が動かない。少し眠そうでさえある。目が合わなくて気まずくならない反面、どこか寂しい気持ちもあった。

しかし改めてこうやって見ると、彼女は……美辞麗句を思いつこうと頭と目を働かせて、でも、形にならない。簡単にしか表せそうになくて、これでいいのだろうかと迷い、結局。

綺麗だな、とじんわり思った。

安易で、誰にでも言えてしまいそうで。

でも本当にその価値があるものを前にしたら、みんな誰にでも分かる、ありふれた言葉で伝え合うことしかできないのかもしれなかった。

わたしは、彼女が水に浮かぶ様を想像する。

底の見えない滝壺で、両腕を広げながら満足そうに浮かぶ彼女を想う。

水に溶けるように揺れる、その長い髪が視線を乱す。

実際に見てもいないのに、なぜか酷く、心が揺れる。

想像でこれなのだから、本当に見たらどうなってしまうのだろう。

鼓動が、なにかを求めるように強まっていく。

「滝の底に、行ったことある？」

希望は、自然に声となっていた。

「ないよ」

彼女の返事は短い。わたしの返答は、早い。

「行ってみない？」

彼女の顔を覗き込みながら提案すると、まず目を丸くした。

それから、困ったように笑う。

「死ぬよ」

「死なないように行く。えぇと、二人でがんばって」

言葉がぱっと出てこなくて、ふわっとした提案しかできない。

彼女はわたしの提示した目標に、なにを思うのか。

時間の無駄と感じるだろうか。

でもわたしは初めて今、心臓が生きていると実感していた。

生きるという意味を、身体が納得していた。

それに従って行動していたかった。
地上から見下ろした穴の底は、まるで宇宙を目指すように真っ暗で、遠い。
でも歩いて宇宙に行けるかもしれないとしたら、とてもお得だ。
ふっと、力が抜けたように彼女が笑う。
実は彼女も、少しは緊張していたのかもしれない。
「悪くないかも」
「うん、悪くないと思うんだ」
見果てぬほどの遠くに行く必要なんて、もうない。
近くに、見たいものができたから。
だからもっと生きてみたいと願う。彼女と一緒に。
お互いの願いが悪くないから、いいかも、になるまで。
これからのわたしたちは、そういう話をしていこうと思う。
前でも後ろでも下でも斜めでも空でもいいから、留まることなく、少し歩いて。
差し出された彼女の手に、ゆっくりと指を重ねる。
わたしのものじゃない懐かしさに、目尻が少し震えた。

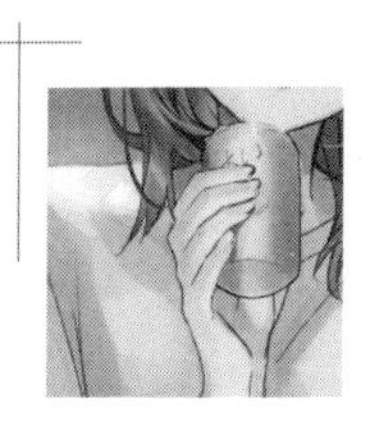

『Abiding Diverge Alien』

わたしを育てた人は、「お前に長生きの目がありそうだからだ」と言った。

「お前はなんとなーく、長生きする気がする」

わたしとその人以外、もう誰もいない廃墟はどこにいても風が土の匂いを運んでくる。

「そうかな」

「信じろ、死んでいくやつたくさん見てきたうえで言ってる」

「じゃあ、信じる」

「ん」

あまり愛想のない方だったその人が、小さく頷いた。

いつの間にか町にやってきたその人は、わたしの親ではないと言っていた。本当のところがどうであるのか分からないけれど、その人しか側にいないのだから血縁はあまりに意味のないものだった。自生する果実や植物を並べては、どれが食べられるのか、可食部分はどこであるのか、調理法は、季節は、と事細かにわたしに学ばせた。他にも様々なことを、特に一人で生きるための知識を詰め込まれた。一度教えたことは二度と話す気配がなかったので、こっちも必死に覚えた。

この世界がどうしてこうなったとか、昔の話とか、そういうものはほとんどしなかった。

そんな余裕はなく、また、知ったところでどうにもならないと思ったのかもしれない。

或いは単純に、その人もなにも知らなかったのか。

ただ生きてきて、そして、わたしを生かそうとしているだけで。

だからだろうか、この人といても二人という感覚はなかった。

一人と独りが、平行に並んでいるだけ。それくらいの距離で、時々相手を見るくらいで。

「多分、時間が足りない」とよくその人はぼやいていた。

その呟き通り、ほどなくしてその人も倒れた。

原因がなんなのかははっきりとしない。ただ心地よく流れる風に、毒でも混じっていたのか。

欠けることのない夕暮れの中、伸びる影は一つとなり。

「外れると格好悪いから、生きろよ」

最期に言い残して、その人はわたしの肩をめいっぱい、強く押した。


目覚めた時の身体の、心細くなるような重さはこの先ずっとついて回るのだろう。

なにかが自分から失われたことと、そしてそれが戻ることは決してないのを自覚する。

出所を摑めない痒みのようにふわふわとしたそれが、しかし自分をこの場に繋ぎとめる。

きっと、これさえ消えて軽くなった時に死ぬのだ。

一度薄く開けた目を、また瞑る。

『おはよう、しまむら』

先に起きた安達の声がする。した。

『今日は起きるの早いね』

『今日もじゃない？　最近、なかなか長くは寝られなくて』

『あー、うん。しまむらは、昼寝しすぎ？』

『単に歳取っただけかな。寝るのも意外と体力いるらしいよ』

『そっか』

『うん』

『そろそろ、起きて朝ごはん』

「うん」

目を開く。安達が消えて、いつもの白い天井がまた見える。

安達との会話は、簡単だった。これまでの経験が安達を完璧に再現する。今となっては、わたし以上に安達を再現できる人はいないだろう。それくらいの自信はあった。

声だってちゃんと聞こえてくる。

ただそうして生まれた安達の声は耳から入るのではなく直接、頭の裏に響いて。

少し遠くて。

そのあたりに、限界を感じた。

起きていると段々、肌が熱を帯びるように部屋の温度を感じ始める。薄いカーテンの向こうでは既に昇った日が輝いていた。とけるぅ、とぼやきながら寝返りを打って、伸びた指先を見つめながらさっきの安達とのやり取りを反芻する。

若干現金なのは頭の中で向き合う安達は若いことだった。具体的には女子高生の頃、わたしが知っている最も若い姿になっている。自然にそうなっていたのだから、お互いに色々言ったけれどやっぱり、若い安達の方が好みなのかもしれない。もしくはあの頃がやっぱり一番、印象に残っているのか。わたしの名誉的には、そっちの方がいい気もした。

ゆっくりと上半身を起こしてはみたものの、さぁどうしようとぼーっとしてしまう。安達に言われたし、朝ご飯は必要だ。でもその後にやるべきことが掃除、洗濯と考えてげんなりする。やることもないくせに、面倒くさいことからは逃げたがる。

思った以上に昔から進歩していないようだった。

開け放たれた扉の向こう、一直線に続く玄関まで見渡す。生まれた家でも、安達と選んだマンションでも、退職してから二人で移ったアパートでもない。流れ流れて最後に行き着いたのは、一人きりの小さな部屋。余分な空間はなく、それでも一人だと持て余す時がある。

訪れつつある春の陽気をカーテン越しに感じながら、行動を先延ばしにする。

このまま倒れて二度寝も、アリだった。

「…………………………」

長い時が経ったなんて感覚はないのに、現実は人を老人まで淀みなく運ぶ。

その時間の流れに乗り続けてきたのは、わたしだけ。

本当にわたしが最後まで残るとは思っていなかった。

親は勿論死んだし、祖父母だってずっと前に逝った。日野も死んだし、永藤だって死んだ。樽見も死んだし、サンチョもパンチョもデロスも……その辺まで来ると多分。安達もわたしと最期まで一緒にいることはできなかったし、ああでも、安達は最期までいたんだ。わたしがいたのだ、その終わる日まで。安達からすればそれは、とても幸せな終わり方だったのかもしれない。

「じゃあ……いいか」

色々と思うところを、その一言で呑み込む。目を閉じ、顔を伏せて、すぐに顔を上げた。

まさか妹まで先立ってしまうなんて。健康に気を遣っていたか怪しいのに、随分と長持ちしてしまった。やっぱり隙あれば寝ていたからだろうか。まだぼぅっと、壁を見続ける。

何事もなく日で満たされる朝の向こう。かつてと変わりないように見える世界に、わたしと同じ時間を過ごしてきた人たちはほとんどいない。人の入れ替わりはあっという間だ。

わたしのこれまでの人生に与えられた、出会いというものほぼすべてが終わりを迎えて。

残るは、ただ一人。

「こんにちはーっ」

ぺったぺったといつもの足音が一応、玄関から聞こえてくる。扉が開いた音はしない。どこから入ってきたのかも、その外見と比べれば些末なことに過ぎない。

「いらっしゃい」

側に残るのは出会ったあの日から一切変わらない、宇宙人だけだった。

今日はヒヨコのような色合いのパジャマを着ている。そしてヒヨコなのにフード部分にはちゃんとトサカがあった。

「今日も元気そーですな」

「そうですかねぇ」

自嘲していると、ヤシロの短い手足が人の肩を掴んでよじよじ動き出す。

「上るな上るな」

気安く人の頭によじ登ろうとするヤシロを転がす。ヤシロはシーツの上をころころとしながら壁際で止まる。そのまま転がっていると、うとうとと目が頼りなく閉じられようとしていた。

「はっ、寝るとこでした」

「作りが簡単なやつめ」

人のこと言えないけど。

「別に寝てもいいんだけどね、お互いやることないし」

「わたしはけっこーいそがしーのですが」

「はいはい」

ヤシロが頭から転がってわたしの膝の上に収まる。ひんやりしていて、気温とは少し寒暖差がある。ヒヨコフードを外して、その水色の髪を間近に眺めると一層、空気が涼やかに錯覚できる。

最初に出会った頃は妹くらいの差があり、少し経つと娘くらいで、今は孫に落ち着く。なにも変わらないヤシロを起点に、わたしの距離だけが変化しているのだった。

ヤシロはゆらゆらと左右に落ち着きがない。揺れる度、髪から光の粒が舞い上がる。

「しまむらさんは最近どーですかな？」

ヤシロが誰かの真似でもするように世間話を振ってくる。

「最近もなにも、ほとんど毎日会ってるんだけど」

ご飯も食べていく。おやつも食べる。でも泊まっていくことはほとんどない。ヤシロのその不思議な線引きが、嫌いではない。

「特になにもありませんねぇ、お婆さんや」

「そーですか」

「いやさ、話せることが本当にないね……最近」

なにもしていないし、これからも、なにもないから。

「ではぼーっとしてましょう」

「そだね」

身もふたもない結論に従って、ぼけーっとした。

脳だけ皺がなくなりそうなくらいほげっとしていて、ふと思い出す。

「あ、そうだ。貰ったお菓子あったわ」

「ほほーぅ」

伸ばしていた足が途端に元気になってじたばた跳ねる。

「冷蔵庫に入れてあるから……」

話の途中でヤシロが立ち上がり、一目散に小さな冷蔵庫に飛びつく。開ける前に額を打ちながらもお菓子の箱を見つけて、喜び勇んで戻ってきた。近所の一軒家に住むお婆さんからの貰い物で、有名どころのお菓子らしい。確かに店の名前だけは聞いたことがあった。

「あんたこういう時だけは率先して動くね」

「ほほほ」

待ちきれないとばかりに赤茶色の箱を開く。中身は麦菓子で、端が一口分だけ四角く削れている。昨日貰って試食してみたのだけれど、一つ食べるだけで口の中の水分を全部持っていかれるようだった。砂が固まったような色合いと見た目で、中央に餡が見える。ヤシロはそれを

「わほーい」と遠慮なく口に運び、問題なさそうに噛んで呑み込む。

わたしはお茶がなければそのまま喉に詰まるところだったのに、まったく平気そうだ。

「うんめーですね」

「たんとおあがり」

一つ食べれば十分な甘さだった。譲るとヤシロは目を輝かせて、箱を自分の元に引き寄せる。

「ふふふ、もう返せませんぞ」

小動物が巣穴に餌を運んで守るような仕草だった。

「この上品な甘さがなんとかかんとかですな」

続けて二個目をもちゃもちゃ堪能する。そうやってお菓子を頬張っているヤシロを見ていると、まるで時が経っていないように錯覚しそうになる。そういう時はすぐ、自分の手の甲を確認する。そこには確かに刻まれた皺があり、夢から醒めたようにすっきりしながら、少し寂しい気持ちに出会うのだった。

「あんたと会ってからもう七十年近く経ってるなんて、不思議な気分だわ」

口の回りが粉だらけになっているのを、時々拭く。「かたじけない」と特にかたじけてもなさそうなヤシロを置いて、冷蔵庫から麦茶を取ってくる。一口飲んでから、ヤシロにも渡す。

「じゅるじゅる」と飲んだ。飲んだ？

布団に戻ることはなく、床に座る。座りながら息を吐いて、目を瞑る。

感じるのはヤシロの気配と自分の呼吸。他には一切、希薄なものさえない。

安達と死別して五年ほど生きて悟ったこととして、この世界には幽霊なんてものはいないということだった。安達が幽霊ならばきっとわたしの側にいるし、わたしもさすがに一度くらいはそれを感じ取れるだろう。

本当の幽霊の居場所はそう、人の頭の中だ。

思い出という霊魂が、わたしの中に安達を形作っている。

一般的には妄想や幻覚と呼ばれるそれが、わたしの心を程よく湿らせる。

手持ち無沙汰になってテレビをつけると、同世代と思しき老婆が健康長寿の秘訣について語っていた。

『目標を持つこと……ですかねぇ』

「ふむ」

声のはっきりとした人だった。それから、どんな目標をお持ちですかと聞かれて。

『虹を見たい』

老婆は煙に巻くように、そう答えた。

「虹ねぇ」

カーテンの端を手で除けて、空模様を確かめる。代わり映えなく晴れた空と雲の合間に虹の輝きはない。思えばここからの景色でそれを見た覚えは一度としてなく。

なるほど確かに、虹は簡単に見られそうもなかった。

「そーいえばしまむらさん、朝ご飯は食べないのですか？」

「ん？　あー、食べる食べる」

「楽しみですねー」

お菓子をぱくつきながらワクワクしている。その膨らんだ頬に、図々しさ以外を感じるようになるのがヤシロの怖いところかもしれなかった。

冷蔵庫の中身を適当に調理して、朝食として取った。

『手抜きだね』

『じゃ、安達作ってよ』

『無茶言わないで』

安達は幽霊を真似るように両手を垂らす。

笑った。

「そーいえば、持ってきたものがありますぞ」

「ん？」

食べ終えたヤシロがしゅぴっと手を上げる。そのヤシロをじろじろ見る。いつも通り着の身着のままだ。

「どこに？」

「ちょっとお待ちを」

ぴゅーっと外に出ていく。二秒と待たないで、本当になにか持って戻ってきた。

外に置いていたわけでもないだろうにどういう経緯なのかはこの際考えないでおく。

「しまむらさんには残念ですが食べ物ではありません」

「食べ物だとあんた持ってくる途中で食べちゃいそうね」

「しっけーな」

半分は持ってきますぞ、と偉ぶってきた。

渡されたものがなにかはすぐに分かった。付属のコントローラーをかちゃかちゃ押してから、首を傾(かし)げる。

「また懐(なつ)かしいゲーム機だね」

「しょーさんとよく遊びましたぞ」

「ふむ」

じゃあこれ、妹のか。亡(な)くなった時に遺品はわたしが整理したけど、ゲーム機はどうしたのか覚えていない。なんでこんなものを今更持ってきたのかと考えそうになって、愚かだなぁと自嘲する。

ゲーム機で遊ぶ以外になにがあるのか。

わたしがあまりに暇そうだから、気を利(き)かせたのかもしれない。

「しょーさんから頂いたのですが、しまむらさんに差し上げます」

「いいの？」

「しょーさんには他にたくさんのものを頂きましたので」

「ふぅん……動くのこれ？」

さー、とヤシロが頭を捻る。そもそも今の時代のテレビには繋げないだろう。

「遊ぶにしても色々用意が必要か……」

めんどくさいかも、と最初に思った。それから、やることがない理由を悟る。

なんでも面倒に思っていれば、なくなるに決まっていた。

「……じゃ、明日あたり準備してみようか」

町を回って専門店に相談してみれば、道も開けるだろう。

「ご一緒しますぞ」

「……お菓子は買う予定ないよ」

ぐえーとヤシロが潰れるのを、笑って見守った。

それからヤシロは朝どころか晩ご飯まできっちりとご馳走になってから帰っていった。

もう妹の家も、実家もないけれど、どこに帰っているのだろう。

ちなみに風呂は逃げようとしたので捕まえて無理やり入れた。

『しょーさんと同じことをしますな』

「ま、姉妹だからね……」

夜を迎えて布団に入って目を瞑ると自然、安達が見える。

『ということで、明日はテレビを探してきます』

『テレビ、もうあるけど』

安達が小さなテレビを指差す。

『それじゃ駄目な時もある』

『私以外と遊ぶんだ……』

安達がじっと、責めるように見つめてくる。懐かしくも困ったことを言ってくる。

『安達も一緒に遊ぶ？』

『私はいい』

そっぽを向いて拗ねた安達が、ぽつりと呟く。

『また遊べたらいいな』

『うん』

同意すると、少し機嫌を直したのか、こっちを向いた。

『テレビ、古いのが必要なんだ』

『うん。進歩だけが答えじゃないってことかもね』

安達は少し考える仕草を見せる。わたしはそんな安達を待って、そういえば高校の制服着ているな、と思った。その安達が、テレビに向いていた指を戻して、控えめに自分を指差す。

『私みたいに？』

『そう』

安達は、ちょっとだけ笑った。

安達に報告を終えて、切り替えるように目を瞑り直す。

久しぶりに明日の予定があると思ったら、早く眠りに就けた。

わたしが寝るのにそんな一手間が必要なんて、と変なところで衰えを痛感する。


地球外生命体は存在するとか交流を探るとか世の中で騒がれているけど、既にわたしの隣で呑気に宇宙人が歩いているので実はたいしたことないのではないかと思ってしまう。

「ふふふ、実は宇宙人ではないぴーぽーですぞ」

「心を気軽に読むな」

今日の格好は最初、なにかパッと分からなかった。頭に角があるから鹿かと思ったけど、どうもトナカイらしい。季節外れのトナカイがソリも忘れてのったのったと町を歩いている。

「そういえば、朝の話を唐突にするんだけどさ」

「はい？」

「朝ならこんにちはじゃなくておはようじゃない？」

昨日もそうだけど今朝もそうやって入ってきたので、今更不思議になった。

「しょーさんがこんにちはーの方が好きだと言っていましたので」

だから朝もこんにちはー、と手を上げる。

「へぇー、なんでだろ」

「さぁー」

理由までは聞いていないらしく、ヤシロが大きく首を傾げる。

わたしも少し考えてみたけど、さっぱり思いつかない。我が妹ながら、変わった感性だ。

「不思議だねぇ」

「ですな」

そんなやつだから、ヤシロをずっと可愛がっていたのかもしれない。

誰かと連れだって町を歩くのも久しぶりだ。遠出も、無防備に日を浴びるのも。今日は薄く雲が広がって、太陽を朧なものにしている。ガーゼに隠されるように、日の光とその形が曖昧だった。あまり日差しが強いよりは歩きやすい。

それでもある程度歩くと、肩や腰に重いものがのしかかってくるようだ。

地球の重力が辛いお年頃だった。昔より軽いはずなのに、それを受け止める力がない。

「宇宙にはとうとう行けそうもないな」

死ぬ前に一度くらい無重力を体験してみたかったのだけど。やっぱり、遠い。

気軽に飛べるような時代には間に合わなかったみたいだ。

「行きますか宇宙」

ヤシロがごく自然に、素直な視線と共に尋ねてくる。

うんと言えば、まばたきしている間に宇宙に飛ばされかねないような、そんな雰囲気があった。

どうしようかな、と思案する。もっと軽くなってみようか、わたし。

『安達は、宇宙までついてこられるかな?』

『しまむらがそこにいるなら、どこでも』

『頼もしいね』

この世界に幽霊はいない。だとしたら、死んだ安達はどこにも行けないし、消えて、どうにも会うことはできなくて、本当にいなくて……なに言ってるか分からなくなってきたけど、次は、なんて絶対に一切になんにもなくて。

やっぱりもう、心の中という不確かな場所にしかいないのだろうか。

「今日は用事あるから、いいや」

「そーですか」

ヤシロはどちらでもいいというように、いつも通りに笑顔を浮かべるのだった。

色々と巡る前にそれらしき専門店に入って質問してみる。わりかし丁寧に説明してもらった内、半分ほどはピンと来なかったけれど結論だけ言えば、アダプターを購入して繋げば今のテレビでも遊べるとのことだった。

「便利な世の中ですね」

ので、テレビ購入は必要ないようだった。

『テレビはこのままでいいってさ』

『そんなに置く場所ないから、よかったね』

『そーね』

マンションでの家具の配置を、お互いの頭を突っつき合わせて決めたのを思い出す。幸せで積木遊びをするような、そんな思い出だった。

そんなこんなで町を散歩ついでに確保してきたのだった。

町を巡り巡るような大冒険もない。歳なので、簡単に済むくらいが丁度いい。

「わー」

買ったキャラメルコーンを片手にご機嫌なのもくっついてきた。

早速、人の布団で横になっているそいつを置いてゲーム機とテレビを接続する。ゲーム機本体が起動するかはテストしていないので、動かなかったらまた相談に行かないといけないので二度手間になるかもしれない、と一通り回ってきてからようやく気付いた。

保存状態が良かったのか、外装に変色も見られない。手触りにも古さを感じない。古さってなんだろうと表現した後に考え込む。埃や汚れが積もった、薄い膜のような触り心地がわたしにとっての古さかもしれない、と思う。自分の皺だらけの手の甲を摘み、よし若いと無理を言った。

「リモコン……あった。さて映るかな」

丁寧に教えられたとおり繫いで、チャンネルを変える。画面は一瞬の暗闇を挟んで、カラフルなそれを描き出した。

「おぉー」

ヤシロが足をばたつかせた。

「動くじゃん、えらいえらい」

わたしと同世代のゲーム機を撫でる。一瞬、幼い妹の得意げな顔を幻視した。

妹も時の人になったりならなかったりと割と忙しそうな人生を送っていたけれど、案外遊ぶ時間はあったのだろうか。

膝の上に座ってきたヤシロをクッションのように抱きながら、コントローラーを操作する。

「お、なんか色々入ってる」

妹がダウンロード購入したものが並んでいるみたいだった。最後に遊んだのはドラゴンを退治する感じのあれらしい。やったことはほとんどない。そもそもゲームは妹か友達に付き合って嗜むくらいで、一人ではまず触らなかった。思えば暇だと寝てばかりなのであった。

アクションゲームに対応できる気がしないので、落ち着いて遊べるものが丁度よさそうだった。ということでドラゴンの首を狙いに行くことにする。起動して、ボタンをカチカチしていたらオープニングを飛ばしてしまった。いいかとそのまま進める。

続きから始めるを選ぶと、一つ目のセーブデータには妹の名前がひらがなで入力されていた。

本名で遊ぶとはなかなかやるな、妹よ。

レベルは割と高いけど、クリアはできたのだろうか。ちょっと覗いてみたくなる。

でも、やめた。

「いいか。これは、妹のやつだから」

勝手に弄ったら怒られそうだ。

死んだ人間を怖がるなんて、と思う。でも幽霊は怖いか、と笑って納得した。

新しくセーブデータを作って始める。名前は、上と下で迷ってしまむらにした。

「ゆうしゃしまむらさんですか」

「勇者でーす」

下の名前で呼ぶのは身内くらいなので、今となっては馴染みが薄い。

会社でもほうげつさんとは呼ばれなかったものなぁ、当たり前か。

「ゆうしゃとは世の乱れを治めて平定するものだとしょーさんに聞きました」

「え、そうなの？」

そんな小難しいお仕事だとは知らなかった。

「だから、しまむらさんがゆうしゃというのもさほど間違いではありませんな」

「マジかよすごいなわたし」

いきなり妙に持ち上げられた。ちょっと考えて、ふむ。

「追加のおやつとかないから」

「がーん」

そんなことだと思った。

「なになに勇者しまむら16歳……若いな」

そんな歳から独り立ちしろとは厳しい世界だ。王様に呼ばれたのでへらへら笑って謁見に向かったら、悪と戦ってこいと命じられた。更に人生のハードルが上がる。

ついでに、一人で行かないで仲間を作れと大臣が教えてくれた。

中学時代なら反発して、絶対に一人で旅立ちそうだ。

「友達を作ってくれるとは便利ですな」

「そっすね」

四人パーティーなので、少し考えて日野と永藤と安達を紹介してもらうことにした。これまでたくさんの人に出会ってきたけど、四人となると思い浮かぶのはその顔ぶれだ。

そんなに安達含めて一緒に行動していたわけではないけど。
永藤は実家が肉屋なので商人、日野は遊び人、安達はどうしよう。
『どんな職業がいいかな？』
『え……会社員……』
『そういう生真面目なのではなく』
『じゃあ……僧侶……？』
『そうなの？』
冗談ではない。
『しまむらを癒やせたら……いいかなって』
いじらしいことを言う安達だった。
「僧侶ね」
攻撃的な職業が少ない気もするけど、ま、いいか。僧侶安達を仲間に加える。
ゲームの中でも16歳で安達と出会うとは思わなかった。
よほど、この年齢と安達に縁があるのかもしれないと少し笑う。
「わたしがいませんぞ」
「あー、じゃあ作るだけ作ろうか」
なんとなく妹も作る。妹は魔法使いでいいや。

「で、あんたの職業は……」

「ふふふ、見るからにぶとうかですな」

しゅっしゅ、と短い腕を突き出したり戻したりする。

「盗賊と」

「おや？」

冷蔵庫の中身を盗むのが上手い盗賊である。いやよくつまみ出されてたから下手か？

「はいできた。家で妹とお菓子食べてる係ね」

「悪くありませんな」

あっさり納得したヤシロを置いて、旅立つことにした。

「おみやげ待ってますぞー」

「そんなものはない」

そんなこんなで城を出てうろうろする。立ち塞がる敵はわたしと永藤が大体蹴散らす。意外と力強い商人永藤である。それからたまにお金も拾ってきて、わたしの知る永藤より働き者だった。そして思ったより日野は遊ばない。自称遊び人の日野らしくもあった。

会社と自宅を往復するように、外をさまよって経験値とお金を稼ぐ。勇者の第一歩にしては地味な作業の繰り返しだ。やっている方はいいけれど、ただ見ている方はどうなんだろう。

「あんた楽しい？」

すぐ近くの顔を覗き込んで聞いてみる。

「たのしーですぞ」

言葉に偽りはないように、にこにこしている。

「しょーさんが遊ぶのもよく見てました」

「そか」

「そして時々お菓子をくれたものです」

ちらっとこっちを分かりやすく見てきた。

「ちらーり」

「買ってあげたじゃん」

それそれ、と大事そうに抱えているキャラメルコーンの袋を見下ろす。

「これはおみやげですので、また別のを」

「図々しいわ」

「ぎゃー」

顎を頭に載せてぐりぐりすると、ヤシロはやる気なさそうな悲鳴を上げた。

そんな風に、昼間の空気に意識の端を溶かされながらぐだぐだと遊ぶ。

作業としては単純だけど、数字が積み重なることに達成感はある。

達成感。それは、今の生き方ではなかなか見つけられないものだった。

「楽しいけど……あれね」

いつクリアできるか分からない。有体に言うと、寿命が少し心配になる。

「なんとか死ぬまでにこれはクリアしたいな」

ぽつりと、ついそんなことを口にする。それから、町に戻った。

武器と防具の売り場にすたすた走る。品揃えを見てみると、財布と相談する必要がありそうだった。けっこう稼いだと思ったのに。

カーソルが上下に行き来する。

お菓子の袋がカサカサと鳴る。そして。

「では、少し急いだほうがいいかもしれませんね」

ヤシロが、何の気なさそうに言う。

「ふぅん」

わたしもキャラメルコーンを一つ貰って噛む。柔い歯ごたえと優しい甘さが嬉しい。

そうして武器と防具のどちらを優先するか悩みながら聞く。

「わたしそろそろ死ぬ？」

「どーですかねー」

口の中にキャラメルコーンを放り込むと、もちゃもちゃ頬が緩んだ。

「わたしからするとチキュージンの寿命は等しく短いので、長さがよく分かりません」

「ふーん……」

「だから明日かもしれませんし、百年くらいは後かもしれません」

「いや百年はない……」

全体的に数字が大ざっぱに過ぎる。いい加減に稼いだお金を無計画に使おうとするわたしみたいに。

「ま、いいか」

迷ったあげく、安達にいい防具を買ってあげた。そういえば服をプレゼントしたことってほとんどないな、と今更振り返る。思えば毎年、誕生日におかしなプレゼントばかりしていた。永藤のセンスを笑っていられない。しかしその安達のセンスもかなりファニーで、マンションに引っ越す際持ってきたものに空き缶だのブーメランだのあった。ブーメランはプレゼントしたから覚えているけど、あの空き缶はなんなのだろう。かさばることもないしここまで捨てることなく持ってきたけど、安達にとっては思い出の品なのだろうか。

棚に飾ってみたけれど、今のところご利益はない。

わたしにはその価値が分からないか、もしくは忘れてしまっているのかもしれない。

『その辺どう？』

『覚えてないんだ……』

拗ねてしまった。上手くごまかしたな、と安達でなく自分を笑った。

「間に合わなかったら、あんた代わりにクリアしといて」

暇そうなのに後を託す。が、断られた。

「しまむらさん、わたしはけっこーいそがしーのですぞ」

キャラメルの甘い香りと共に、ぴしゃりと。

ヤシロがこんな風に断るのは、けっこう珍しい。

自分でなんとかしろってことかもしれない。

「……そーね」

「ぎゃー」

反論するのも面倒で、顎だけぐりぐりしておいた。


しばらく布団の中で大人しくしていたけれど、諦めて起きる。

目を瞑っていようといまいと、まだ真っ暗だ。布団の上をごそごそ、四つん這いで手探りしてコントローラーとゲーム機を見つける。電源を入れて、テレビからの過剰な灯りを受けて目を逸らした。慣れるまで、壁を見つめる。

夜中に眠れなくてゲーム機を起動なんて、生活が乱れる予感しかしない。

夕方にセーブした場所から再開する。レベルは8になっていた。

指が半ば自動的に動く間、ぼうっと、目の前の景色が二重になる。

その中に、座る安達が見えていた。やっぱり制服だった。暗闇と同化して手足が分かりづらい。

『わたし、もうすぐ死ぬかもね』

報告すると、安達が困ったように眉をへこませた。

『あいつが言うと変な説得力がある』

あとあいつの嘘は下手だから、嘘だとしたらすぐに分かる。

『気にしてるの？』

『気にしてるっていうか……それはまぁ、歳を取ればみんなそうだから』

「死ぬのは怖い？」

一瞬、指が止まる。でも前を向いたまま、平地を踏むように答える。

「んー、あんまり」

残されるものがないから、自分の死に対して心残りはなかったりする。

「安達を置いていったら心配で震えたかもね」

「しまむらがちゃんとしてくれるかな……」

「しますよー。安達ちゃん独りだと毎日泣きそうだし」

「そ、そんなこと……あるかもしれないけど」

「だからこの順番でよかったとは思うんだよね」

置いていかれて思うところはあるけれど。

一方の安達も不満があるのか、俯きがちにこっちを見ている。

「はいなにか?」

「しまむらは泣かないの、かなって……」

「えー、お葬式の時見てなかった?」

「見えるはずないんだけど……」

そりゃそうだと笑ってしまう。

「泣いてくれたんだ?」

安達は頬を少し染めて嬉しそうだ。人が泣くのが嬉しいなんて、なかなか意地悪だ。

「そりゃあ、泣くよ」

正直、涙はあまり出なかった。そんな元気もなくなっていたのかもしれない。

泣くのにも体力がいるみたいだ。

「本当?」

「そんな嘘つきません」

「でも、犬が死んだ時の方がしまむらは泣いてそう」

「えー、あー、うーん」

そうかも、と素直に言いかけるのをごまかしていると、安達の唇が少し尖る。

「ほら、犬って言葉交わせないじゃん」

「うん？　うん」

「だから普段から伝えたいことも上手く伝わらなくて……ばぁって、溜まってたものが出ちゃうのかなって」

そう思うわけよ、と締める。一方的に締める。

「それより安達、攻撃力ちょっと低くない？」

ごまかしてテレビ画面を指摘する。

「私、回復役……」

「日野がちょっと遊び出してるから、安達にもがんばってもらわないと」

家事みたいに分担することなく、二人で協力しないといけない。

安達が立ち上がり、隣に来る。向こうが一方的に若いので、並ぶと少し申し訳ない。

「しまむら」

「なぁに？」

「最期までいてくれて、その、ありがと」

スカートの裾を摑むようにしながら、安達が言う。

「寝たらそのまま死んじゃってたから……言えなくて」

「あー……いい死に方したね」

言葉を選ぼうとしたら変な表現に落ち着いてしまった。

「安達が苦しんだりしなくて嬉しかった……いやほっとした？　うん」

せんしちぶな話題なので、お互いの語彙力のなさが光る。

「でもしまむらを置いていくことになって……その、ごめん」

「あーいいよ、会いに来てくれるし」

ありがとうか……せっかくだし、わたしも伝えとこうか。

「こっちこそ、死んでからも側にいてくれてありがとう」

安達が困ったようにぎこちなく笑う。ああその笑い方、慣れてないの、安達だなって思う。

「幻だけどね」

「そうだけど……んー、やっぱりもうすぐかなぁ」。

安達の目が丸くなる。間近で見つめ合って、うん、と笑う。

「さっきから安達の声が耳の近くに感じられるからさ」

失われてから、頭の裏にしか響かなかった安達の声。

それが側に、隣にいるように聞こえていた。

わたしの内側ではなく、外から。

もう少し聞いていたかったから、惜しいことをしたかもしれない。

安達は指摘されたことに応じるように見えなくなっていた。

まだ話していたかったから目を閉じかけて、声が頭の裏に逃げていくことを思い。

いいか、と目を瞑らず顔を上げた。

「さすが僧侶だ」

わたしを見事に癒やして、潤していった。

あれかな、幽霊はいないって思ってたけど、わたしがまだちょっと元気に生きすぎてただけか。少しばかり死ぬ方向に傾けば、すぐ側にいることに気づけたのかもしれない。

だとしたら、これからは安達にもっと会えるかもしれない。

未来はとても明るかった。

「思い出と、ちょっとした娯楽だけで満足に一日が過ぎるなら悪くない老後だなって……今日はそう思えたよ」

言い残したそれを吐露して、目前を見据える。

その夜はもう、安達の姿も声も感じられなかった。


「こんにちはーっ」

「……ざーす」

「今日も元気そーですねっ」

「なにが見えてるのその目」

結局、まったく寝ないでゲームし続けてしまったという現状が元気か。

元気そうだな。

頭痛と目の乾きが色々訴えていた。

夜通しの成果として砂漠にまで来ていた。砂漠は安達と旅行したことはない。日野なら家族との旅行で行ったことがありそうだった。

「すごいがんばったしそろそろラスボスかなー」

「まだぜんぜんですぞ」

「え、ほんと?」

まずい徹夜連続は本当に死ぬ。

ヤシロが滑るようにわたしの膝元に入ってくる。

「ほほほ、楽しんでいますな」

「いやうん、まーね」

手軽に旅行できる感覚が楽しいというか、性に合っているみたいだ。

商人永藤は段々と力不足になりながらマイペースにお金を拾っている。

「なんで急に持ってきたかは分かんないけど、助かるよ」

「きゅー？」

鳴き声みたいにヤシロが疑問を発する。

「しまむらさんとわたしのたんじょーびだから、ぷれぜんとしたのですが」

「誕生日……あ」

指折り数えて、二日前に戻る。

そうだった。

わたしは本当に、自分の誕生日をよく忘れる。

「言ってくれればよかったのに」

「くっくっく」

「そこ笑うところじゃないから」

「言い忘れてましたが、おたんじょーびおめでとーですぞ」

「……うん」

前にもこいつと、誕生日の話をしたのを覚えている。

あの時、自分が言ったことを思い返しながら。

「あんたも、おめでと」

わたしがヤシロに向ける様々な想いを込めて、そう返すのだった。

それはさておき。

うーん、とピラミッドの前で立ち止まる。

「なにか買ってほしいお菓子とかある？」

どうせ食べ物以外はねだらないだろうし。

「ではどーなつをいただけますかな」

「ドーナツ……ああ、そうね」

ヤシロに最初に渡したお菓子はそれだった。餌付けの原点というか。

あそこでドーナツを譲っていなかったらと考える。

ゲーム機が消えて、テレビは動かなくなり、目の前が真っ暗になる。

でもそんなことはきっと、あり得ないのだろう。ヤシロ曰く、うんめーによって。

「ドーナツあげたら宇宙の秘密教えてくれるんだっけ」

「今はいんふれしたので二個くれないと教えられませんぞ」

「変な知恵だけつけたな」

「一個でも嬉しいのですが」

割と譲歩はしてくる。宇宙の秘密ねぇ。

「……………………」

今、一番知りたいこと。

「また、安達に会えるかな」

　宇宙の秘密なんかより……いや、それがわたしにとって望む宇宙への答えかもしれない。

「会えますぞ」

　即答された。

「別のしまむらさんも、どこにどう行っても安達さんと出会いますからな」

　前もそんな話をした気がする。そう、ずっと前に。

「別かぁ。じゃあ、わたしは無理か」

「死んだ人には会えませんぞ」

　ごく当たり前のことなのに、ヤシロが言うと違和感が酷い。

「と、てれびで言ってました」

「だと思った」

　そんな常識的なこと言うやつじゃないし。

　でも幻で会ったから、と言い張っていたらいよいよ末期だろうか。

「死んでない人には会えるとも言えますな」

「……うーん？」

　なんだか深いことを言っているような気もするけど、よく分からない。年老いたお脳では解釈が辛い。思い出や過去には確かにいるぜとかそういう精神論だろうか。

「ま、なんでもいいけどね」

お礼は伝え合えたし。それが不確かなものであっても、わたしは、満足だ。

「ねぇ、あんた別のわたしってやつに会いに行けるの？」

「できなくはありませんな。たしょー、時間は必要ですが」

さらっと言うなぁと呆れつつも、もう疑う気もなかった。

「じゃあ、もし安達に会えないやつがいたら、ちょっと様子を見に行っといてよ」

絶対に会うといっても、手違いが一度くらいはあるかもしれない。

そうなったら……据わりが悪いじゃないか。

「わたしに会えない安達も、安達に会えないわたしも……どこにもいちゃいけない気がする」

それが『安達としまむら』の世界を形作るなら。

「……それもいいですな」

ヤシロがフードを外して、にーっと、わたしを見上げた。

暇そうなヤシロだって、やることの一つくらいあった方が張り合いがあるだろう。

「では、約束ですぞ」

「うん」

「どーなつを……」

「そっちかい」

らしいや、と無邪気に笑うヤシロの頭を撫でる。

空に浮かぶ月に触れるような感覚がまだそこにあることに、奇妙な安堵を覚えた。

その日は他人様の家だった場所の裏で、比較的形を留める自転車を見つけた。横倒しのそれをゆっくり起こして、強度を確かめる。上下に振ったり、足を置いてみたり。壊れそうな様子もないので、サドルを拭いてから恐る恐る乗ってみた。ペダルを踏むと、寝起きのわたしの骨くらい軋みを上げて重苦しい。少しは整備しないとまともには動かせそうもなかった。

もっとも、直したところで町から離れることなんて想像もできないけれど。

食料以外の収穫を喜ぶか判断しかねたまま、来た道を引き返す。押している自転車の、ハンドルの錆と砂の手触りに時々、背中がぞわぞわする。手のひらを確認すると、汚れが移って真っ黒になっていた。足で払おうとしたらそっちにもくっついて被害が拡大してしまう。

それを見てなにか言いかけて口が少し開き、でも出てくるのは乾ききった吐息だけだ。

独り言もなかなか出てこなくなっていた。言い尽くしたというか。

毎日変わる空模様、雲の形さえ見飽きて、地面ばかり向く。

黄昏はいつだってわたしを少し俯かせる。気づけば丸めてしまう背を、意識して少し伸ばした。そしていつもは自分の足音しかないそこに、車輪の回る音が加わっていることを感じて、その重なりを少し楽しむ。

生き物は人間以外も大体滅んでしまったらしいから、動くものと音が少ない。生きているのは風に吹かれる草花と雲だけだ。わたしもかろうじてその一つになりながら、町の端へ向かう。

今日は気まぐれに寄り道したけれど、往復が少し長くなるだけだった。

見つけて、食らい、眠り、起きる。

車輪のようで、似て非なる。車輪は回れば前に進むのだ。わたしは、きっと進んでいない。

町に立ち尽くして少しずつ風化していく。

生きることは学んだけれど、どう生きるかは教わらなかった。

そういう楽は許されない世界なのだろう。

そんなもの見つけたければ、自分でなんとかしなければいけない。

自分がなぜ生きているのか。そもそも、わたしは生きていると言えるのか。

呼吸しているだけでは満たされないなにかが、背が伸びるにつれて少しずつ大きくなっているのを実感する。

育てた人の予言が正しいのなら、わたしには長く生きる理由と意味があるのかもしれない。

心はそれを求めているのかもしれない。

それは曖昧な感情の中で、朧気(おぼろげ)な人の影を生む。

遠い記憶に残る、人との会話。触れ合い。

届いて、そして返ってくる声。

この星にはまだ、わたし以外に生きている人間はいるのだろうか。

想像もできない遠くに思いを馳せる時間が日増しに高まる。でも思うだけで、動けない。

どれほど遠くまで行けば、なにかを見つけられるのか。

町の残骸に埋もれて生きることに慣れすぎて、なんというか。

惰性が重力のように、わたしに蓋をする。

だって、生きてはいけるから。

他になにもできないけれど、生きることはできる。

確かなものはそれだけで、不確かなものを探しに行く余裕は生まれなかった。

だからきっと、結局、どこにも行けない気がしていた。

今日、この時までは。


「…………」

ゆき、と掠れた声で呟いたはずなのに、自分でも聞き取れなかった。

白い粒が空から降ってきて、足を止める。

冬を通り越したこの時期に、遅れたように降るそれに目を奪われる。風に漂うそれを追いかけて手のひらで掬い取ると、触れると同時に淡い光を残してかき消える。

久しぶりに、上を向いた。

「あ」

濁った声が漏れる。

なにかが見えて、大口開けて動きが止まる。

最初は、茜空に混じる小さな点だった。

それが次第に大きくなり、近づいてくる。

点はいつの間にか、人形になった。

風に流れて飛んでいきそうなくらいの緩さなのに真っ直ぐ、なんの苦もなさそうに降ってきたそいつが、わたしの目の前に無事着地を決めた。

狙い澄ましたように、自転車の歪んだ籠に収まって。

「お……おぉ……」

普段必要としてこなかった声は、すぐに出てこない。

光の加減などまるで無視して発光するそいつは、まずきょろきょろと周りを確認する。見たこともない、淡い水色が舞い散る。空にまだ残る光の粒が塔を描くようだった。

その軌跡がふっと、強い風に煽られて消える。

向かい風が運ぶ粒子が、わたしを包んでは流れていった。

まとわりつく乾いた匂いや、土を巻き込んで。

遅れて、そいつがわたしに気づいたように正面を向く。

頭の後ろに、水色の蝶の羽ばたきが見えた。

そいつはいい物でも見つけたように、にこーっとする。

そして、諸手を挙げながら満面の笑みを崩すことなく言う。

「こんにちはーっ」

それが「すべての」「再びの」
はじまりだった。

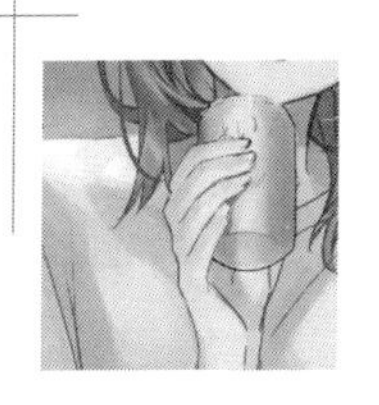

『Sun Halo』

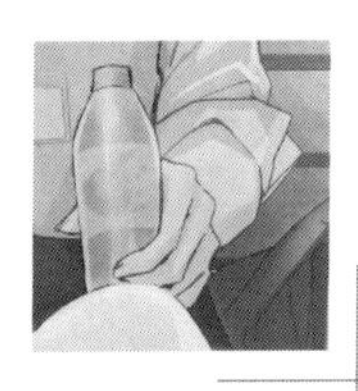

どこにも行かなくていいのだろうか、と立ち止まっていると時々考える。でもすぐに行かなくていいなと思えるから、今のところのわたしはそれなりに幸せなのかもしれない。

知らない町が少しずつ、建物の間に指を通していくように既知の場所になっていく。そうなると味気なく、他人事めいて見えていた建物の壁や文明の残滓に、笑みが漏れることもあった。

あめ色の空の下で、端の焦げた雲を取り込むように、大きく息を吸い込む。

寂しいほど清々しい空気がわたしの中を行き来する感覚に、指先が痺れた。

今日も彼女と二人で、この町で生きている。

分かれて作業していて、ふと町の建物から伸びた影が目に入ると、不安が地面に指を突く。耳を澄ましても、遠くの建物の崩れていく音だけが聞こえる。彼女の物音は拾えない。ちゃんとそこにいるだろうか、ってそんな心配がいつからかよぎるようになった。

離れることを、惜しく感じるようなこの気持ちはなにを土壌に芽生えたのだろう。

知っているのに、名前が分からない。不思議な、外から来たのに馴染むような気持ちだった。

当面の目標としている大穴の水底はまだ遠い。文明と人間が失せた世界では、生きていくために割く時間は思いの外多いのだ。だけど今までと違って、その生きるための時間を彼女と分担できる。半分ずつに分けた苦労の隙間を縫って、まぁ、ほどほどにやっていこうと思う。すぐに辿り着いてしまったら、また迷子になってしまいそうだったからだ。

そんな風に、留まることを選びながら生きていたわたしたちに訪れるものがあった。

それが訪れたのは、森に向かおうと入り口の近くに立った、そんな日だった。

風以外のなにかが木々を揺らして、びくりと、上を向く。枝葉は応えるように、正体を吐き出す。灰色みの強い塊が、空を裂くように翼を広げて次々に飛翔する。

宙に大きく線を描くように、大勢の鳥が森から飛び立っていくところだった。

「珍しい」

自分以外の生き物の動く姿を見ること自体、滅多にあるものじゃなかった。それも鳥が、群れを成しているなんて。鳥はあっという間に遠くを目指して消えてしまう。わたしは、捕まえようとか追いかけようとかそんなことを考えることもなく、ただ頭だけを動かして見送った。

その鳥の飛んでいく向こうから、逆にこちらへ訪れる変化があった。

ぎょっとする。

空が、暗くなっていく。

真っ黒い水が流れ込んで混ざるように、どんどんと、あめ色が呑まれていく。そうして生まれた赤紫色のグラデーションは綺麗なものだったけれど、感心している場合ではなさそうだった。すぐに森の入り口から引き返して、町に戻る。

走りながら、別の足音を探す。喉の奥に呼吸が引っ込んでいるように感じる。音を聞き取る邪魔にならないように。地面を踏む音がお互いに伝わって確認し合えるようにって、無茶を願って強く踏みつけ続けた。

そうして、建物そのものが影と同化したように真っ暗闇が身近になった頃。

彼女もまた、逃げるようにこちらへ走ってきていた。

衝突しそうな勢いでお互いに近寄り、自然、手を取っていた。わたしの左手が、彼女の右手を取る。踊るように回ってようやくどちらの足も止まり、次いで、空と向き合う。

見上げている間に、もくもくと広がるように、真っ暗闇が空を塗り替える。

いよいよ、この星の終わりだろうかって空いた手のこぶしを握りしめる。

一方、隣の彼女は目と口を丸くしながら、「あ」と比較的呑気(のんき)に声を上げた。

「これって、よるだ」

「よる?」

彼女の発言をなぞりながら、首を傾(かし)げる。

「私を育てた人から聞いたことある。星の環境が壊れる前は、光の届かなくなる時間が来ていたって」

その説明が呼び水となったように、思い出す。

「……わたしも、誰かに聞いたっけ」

その話をしたやつは、今もこの空の向こうを呑気に飛んでいるのだろうか。

「案外、怖いものじゃないのかもしれない」

「でもこのまま、ずっとよるだったら、どうしよう」

「どうしようねぇ」

彼女はそんなに深刻に捉えていないように、声に余裕がある。わたしも、彼女と繫がった手を思い出して意識すると、暗闇に灯りでも浮かぶように頰の温度が増した。

心を混ぜ返すようなざわつきが、少し収まる。

「……ヤシロ」

あいつは別れる前に言っていた。わたしたちが出会って、世界は少しだけ丸くなるかもしれないと。

滞っていたなにかが、また繫がっていくと。

この空も、飛んでいった鳥たちも、その世界を描こうと呼吸を始めたのだろうか。

少し動き出そうとしているこの世界で、わたしたちも。

「もしまた、光が訪れたら」

隣さえ朧気な暗闇の中で、わたしは、光るほどの夢を見る。

「一緒に、出かけよう」

他愛もない誘いなのに、胸が、跳ね上がる。

怯えて、よるに凍えた血が溶けて決壊するように、身体の隅々にまで行き渡る。

「自転車を直して、一緒に乗るの。それで少し遠くを見て、で、帰ってくる」

二人で、ここに。

二人で。

彼女は、にっと、よるでも分かるくらいに白い歯を見せつけた。

「いいね。あ、私、後ろに乗るからがんばってこいでね」

楽する気満々とばかりの快活な笑顔に、なめるなぁと思ったのに口をついて出たのは「まかせて」と快い請負だった。誰が返事したんだろうって、おかしい気持ちになる。

彼女を後ろに乗せて、自転車をこぐ自分を想像する。

なんでか分からないけど、ああ、いいなって思えた。

心臓が喜んでいる。

忙しいくらいに弾む喜びを、手に入れている。

前に、きらきらしたやつが降ってきて旅が始まったように。

わたしの物語は、いつだって空からやってくるらしい。

「ねぇあれ」

彼女が指差す先には、長く黒い雲の向こうから見え始める、大きな星。

その星は、よるに戸惑い、立ち竦みそうなわたしたちを照らし始める。

導くように、光をもたらした。

「前からうっすら、空に浮かんでる時はあったけど……こうなると、凄くはっきり見えるんだね」

「あの星の名前、なんだったかな……」

彼女がうろ覚えで片付けたものを見つけようと試みるみたいに、目を細める。わたしも同じように、その光の向こうに答えを探す。頬を濡らすような温度を錯覚させる、真っ白な輝き。

ああ、と思い出す。

「あれは……」

彼女に応える前に、もう一度、その星を見上げる。

それは、ヤシロが好きだと言っていた白妙の星。

『月』だ。

その星はなにかを取り戻したように光の輪を描き、わたしたちを抱きしめるみたいに照らしていた。

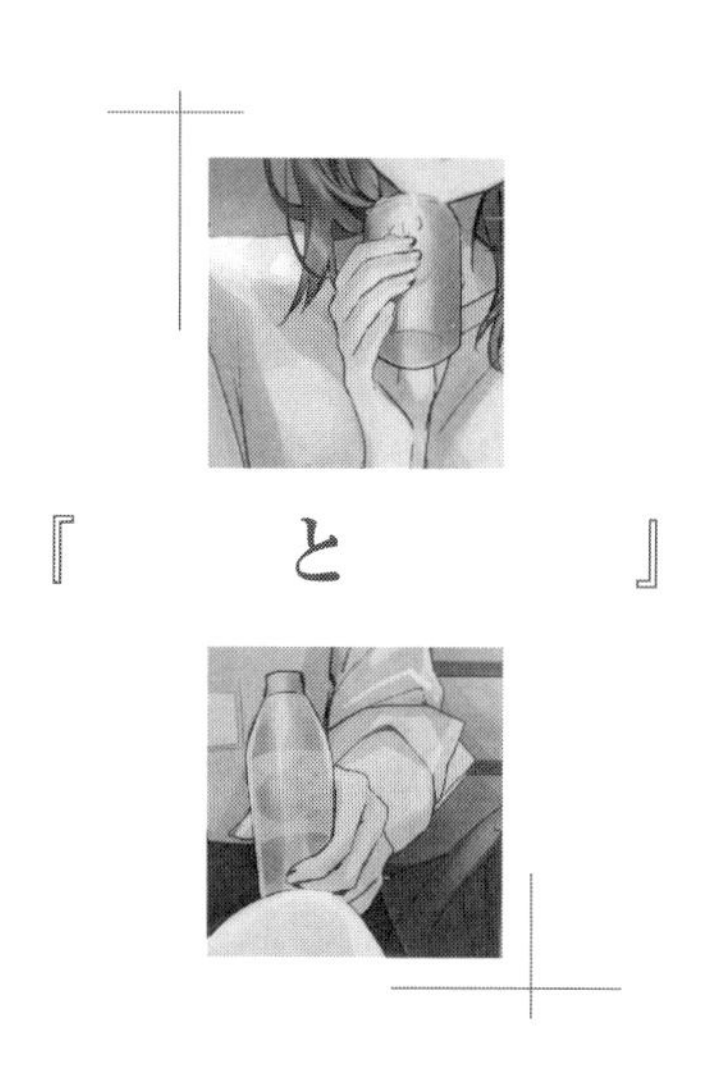
『と』

「むーしゃっしゃ」

不自然でしかないのに堪能していているのは伝わってくるので、不思議なものだと思っていた。

隣でドーナツを両手に収めているそいつにこの世の春が来ているのは誰の目にも明らかで、
まぁこの世はどこも今春なのだけど、と自動車が駆け抜けて残る生暖かい空気に季節を見出す。

雑居ビルの壁に寄りかかるように並びながら、穏やかな空気を鼻の先でぐるぐる回す。

「色んなことがありましたなー」

「ありましたかねぇ」

外をぶらついていたら、いつも通りいつの間にか側にいたヤシロである。今日は鳥の着ぐるみで身を包んでいる。なんの鳥かな、と眺めてしばらく考えて、やっと埃をかぶった図鑑の記憶からアオサギという名前が出てくる。それとおかしな取り合わせとして、頭のフード部分を外して黄色いヘルメットを被っていた。いや被っているというより、頭の上に置いているだけという感じだ。年季が入っているのか汚れや破損の目立つそれを、流麗な髪の上に遠慮なく載せている。でもその汚れさえ、抑えきれない水色の輝きの中で一定の主張を持って浮き上がってくるのだった。

そんな格好はいいとして、本日のヤシロは攻めてきている。

なんと二個もドーナツを要求してきた。普段は適当に流してドーナツ屋の前を通り過ぎるのだけど、今日は譲りませんと手を引っ張ってきたので、なんやかんや流されて今に至る。

「いつかの約束ですぞ」

「全然記憶にないのですが」

「それは困りましたな」

まったく困りもしていないように、むーしゃっしゃ二個目に移る。一個目のドーナツはチョコ系で、二個目はカスタードだ。指先が砂糖と油でべたべたなのを見て、少し笑う。

しかし翼の先から手が生えているのを長々眺めているとシュールさが勝ってくる。ヤシロの腕ってそんな長かったかな、必要なときだけ生えてすぐに引っ込んでる気がするな、と細々とした点は気にならなくもないけど、春の陽気に釣られた鷹揚さに色々助けられている気がした。

「むーしゃしゃしゃ」

ちょっと変わった。味の差だろうか。日々一緒にいるとどうでもいい発見をするものだ。

「甘いものというのはほんとうにうんめーですね」

「うんめー」

思わず肩を揺する。気の抜けた調子で、でもヤシロが口にすると不思議な響きがあった。

「ドーナツを食べながら人は怒ることはできないのではないでしょうか」

「……かもね」

カスタードクリームを口いっぱいに広げてむーっとしても、すぐに丸く溶けていきそうだ。

ヤシロがむっしゃっしゃしている間に約束ってなんだっけ、と考えてみるも心当たりがまったくない。もしかして約束詐欺に遭っているのではないだろうか。うーむ、と窺うもこんなに嬉しそうにドーナツを口にするやつは他に見たことなくて、だから、ま、いいかって気にもなる。丁度良い高さにあるヤシロの頭をヘルメット越しに軽く、撫でるように叩くと胞子みたいに水色の粒が漂った。それを人差し指の先に載せて目の前に持ってこようとしたけれど、途中で通過した自動車の風に紛れて消えてしまった。

「しまむらさんは食べないのですか？」

「晩ご飯までそんなに時間ないからね」

見上げた空の具合から判断する。光は眩しさを少しずつ失い、落ち着きを得ている。その傾いた春の残滓はわたしや建物の壁を油絵みたいに塗りたくり、曖昧にぼかしていく。

この時期のそうした景色を眺めていると、喉が渇き、鼻の頭に汗が滲む。

「そーですか」

「一口くらいは貰ってもいいけど」

「はっはっは」

「笑うところないから」

もっしゃっしゃがちょっと速まった気がした。こいつ、と思いつつ食べ終わるのを眺めた。

「うーむ、約束の味はかくべつですな」

両手が空になって、ご満悦のヤシロがハサミのように立てた指を開閉する。

「ほら口拭いて」

ヤシロの口元を拭う。ついでに指の汚れも拭き取る。

「ほほほ、かたじけない」

「慣れたものだけどね」

表面がどれほどすべすべなのか、ちょっと拭くと簡単に汚れが取れてしまう。つるんとしたヤシロがぽんぽんとお腹(なか)を叩(たた)いた。それから腰に手を当ててんふーと、ちょっと得意気なように鼻を高くして空を見上げる。わたしも見上げてはみるのだけど、舞い躍る花びらくらいしか見えない。猫とか犬みたいに、ヤシロの目にしか見えないものが空を走っているのかもしれなかった。

「では行きましょうか」

腕、というか着ぐるみの翼を振るヤシロがてってこと軽快に歩き出す。その動きと髪の揺れが残す水色の線を追うように、目が動いた。

「え、どこに？」

家とは別の方角へ進むヤシロは止まらない。

「いいところです」

ヤシロはある程度距離を取ったところで一度止まり、こちらに振り向いた。

「しまむらさんもいかがですか？」

振り向くと同時に、ふらふら躍る花びらの香りがこちらに流れ込んでくるようだった。

粒子と共に花が螺旋を描いては、ヤシロの周囲を上に下にと躍り狂う。

あり得ない動きをしているけど軌跡の美しさに呑まれて、不思議はさほどなかった。

「わたしはー……んー……いいとこねぇ」

ヤシロのいいとこってどこよ。想像できるのは甘いものを売る場所ばかりだ。

「たのしーですぞ」

翼をばたばた振る姿は、行く前から楽しげだ。まさか、もう一度ドーナツ屋ということもあるまい。

「ま、予定もないしたまにはいいか」

言ってから、はて予定は本当になかっただろうかと疑問が頭をよぎる。

どこかに行くつもりで外に出てきた気はするのだけど、どうもはっきりしない。

温暖な気候に肩まで浸かっているのか、思考の向き合う画面がぼーっと霞んでいる。

すったかとヤシロに並ぶと、にこーっと柔和な笑顔が出迎えた。まるでなにも考えていないような、純粋な喜び。透明であり続けるもの。出会ってから一貫して、なんの変化もない。

そんなやつだから、わたしはこいつが嫌いではないのだ。

「この町の楽しいところかぁ。どこだろね」

出かける先に困ってショッピングモールに行きがちなくらいなのでパッと出てこない。

「そこはそうですね、楽しい場所です。素敵も、安らぎも、優しさも、希望も、香りもあるのです。そんなところですからぜひ、行ってみた方がいいでしょう」

「ふぅん……」

ヤシロがそこまで勧める行き先。

「ケーキバイキングとかかな？」

「いいですねー」

声も足取りもウキウキだった。連れて行ったら、次回は出禁になりそうだと思う。

それも少し楽しそうだ。

散歩中のお婆さんや、買い物袋を籠に入れて自転車を押す主婦とすれ違う際、ヤシロはやはり振り向かれる。本人は目が合うと、誰にでも朗らかに挨拶している。随分と町に馴染んだ……馴染んだ？　ものだった。まぁ、人はともかく風景には溶け込んでいる。

春の景色にヤシロは映える。夏でも冬でもその儚い色使いは順応しそうだけど。

ま、綺麗なものは大体なんにでも似合うということだ。

食い意地以外は整っているのである。

繁華街から外れて、先に広がる景色に緑が混じり始める。近代的なビルが溶けるように形を崩し、代わりに広々とした道路と田んぼが町の形を維持している。いつも歩いているような、別の場所と混同しているような、不安定な既視感で目をころころと揺らしながら歩く。

「遠いの？　そこ。あまり遅くなると困るんだけど」

「へーきですぞ」

返事になっていないような気がする。あのねぇと言いかけて、でもそれを優しく遮るように花びらが顔の前を流れていった。左手を広げてそれを受け止めて、ふと気づいて顔を上げると電柱の向こうから、たくさんの花びらが降っては地面を染めていた。

今日は随分と花びらが舞っている。もう花の見ごろも過ぎてしまうのだろうか。

花びらを目で追っていると少し足取りも緩慢になったのか、先を行くヤシロが振り返る。

「どーしました？」

「ん、花」

「はな」

ヤシロがオウム返ししながら、花びらを頭にいくつも載せる。

「花の香りがすると思って」

どこからこれだけの数の花びらが来るのか。町中から離れて一層、増したように思う。ヤシロはその花びらの降りしきる方を敢（あ）えて目指すように、スーパーや、ガソリンスタンドを横切って黙々と歩いていく。わたしは隣に、時々少し遅れてついていくだけだった。

河原を一望できる土手まで来る。鏡のように光を留める水面が目に入り、思わず手で目もとを覆ってしまう。落ち着いてから河原の石を眺めると、夏と冬の風景を思い起こす。

夏の絵と、冬の絵。同じものが描かれて、違う色を生む。

「困ったしまむらさんですな」

「え、なんの話？」

急に駄目だしされて若干むっとする。ヤシロはほほほと笑うだけなので頬を摘む。

「しかしこれも約束の一環と言えるのでしょうかね」

「なーんーのー話をーしーてーいるー」

「こんなところにはわたしも初めて来ましたぞ」

「え、いや……そんなことないと思うけど」

きょろきょろして確認する。うん、知っている景色だ。一緒に歩いたこともあった気がする。

そう、お祭りに一緒に行ったときに通ったような……覚えていないのだろうか？

飾り気は薄く、真っ直ぐ延びた橋の手前でヤシロが立ち止まる。車のやってくる気配もなく、花びらだけが静寂の中を泳いでいた。音を伴わないでひらひらと宙を散歩する花びらを見上げていると、まるで宇宙にでも来たみたいだった。風の音さえ、耳に入ってこない。

風もないのに、花びらだけが誘うように躍り続ける。

「しまむらさん、いいですかな」

「なに？」

花びらの動きに導かれるように、目の動く先にヤシロがいた。

夜と星の煌めきを凝縮したような双眸に、わたしの姿がはっきりと映るのが見えた。

制服を着た自分が、少しだけ宇宙に染まっていた。

「ここからまっすぐ歩いていってください」

そう言ってすいーっと、ヤシロが後方に……いやいや。

「それより気軽に後ろにスライドしている方が気になるんだけど」

「ほほほ」

笑ってごまかされる。なんでもありのいきものだった。

でもそのなんでもありが、わたしから離れていく。

「約束しましたのでここまでで、約束しましたのでまっすぐなのです」

「なんのことやら」

また約束か。約束……わたしが忘れたわけじゃないと思うんだけど、どうなんだろう。

春はどうにも眠りの季節で、ついうっかりそういうこともあるかもしれなかった。

「いいですか、まっすぐですよ」

「はいはい。なんかわかんないけどさ」

でもヤシロは人を騙して遊ぶようなやつでもない。だからたまには、付き合ってもいい。

「あんたはその楽しい場所、行かなくていいの？」

「楽しかったでーす」

また微妙に会話になっていないような……それでもいいような。

ひょっとしたらズレているのはヤシロじゃなく、わたしかもしれない。

根拠があるわけではないけど、そんなことを感じた。

花びらが、わたしたちの間を埋める。

風もなにも感じられない場所で、でもなにかが流れていることだけは花びらが知らせてくれた。

留まってはいられない。そんな気にさせてくる。

「あのさ」

「はい？」

「次会ったらまた、ドーナツ買ったげるから」

甘い言葉でそれこそ釣るように。

だから、また会おうって。

なぜか最後まで言い切ることはできなかった。

ヤシロはその声にならない部分まで読み取ったように、少し間を置いて微笑む。

「また、かならず」

「うん」

なんでか、頷いてしまった。

ヘルメットを外して、大事そうに着ぐるみの中に仕舞い込んだヤシロは作り物の翼を、まるで本物みたいに広げて颯爽と走って行く。頭の後ろで結ばれた髪が描く蝶の羽は、ぱたぱたと、花びらの中の散歩を楽しむように羽ばたいていた。

寂寥と錯覚するほど、爽やかに、吹き抜けて。

そんなヤシロの小さな背中を、なんとなく、ずっと見送る。

「どうせまたすぐ会うのに……なんだろね」

花の匂いがつい感傷的なものを呼び覚ましたのかもしれない。

ヤシロの姿がどこにも見つからなくなってから、さて、と再び橋に向き直り、正面を向く。

とりあえず、この橋を渡ればいいらしい。真ん中を歩けとかとんちも必要なさそうだ。その先になにがあるかというと、ホテルが見える。山が見える。観光地が広がっている。

お楽しみはどこに眠っているのだろう。

川の景色を横目に、橋を歩き出す。車も人もなく、音と影はわたしだけのものだった。

花びらはますます左右に乱れて、視界が塞がりそうになっていく。先の割れたような花びらの……そういえばこれは、なんて名前の花だっただろう。見慣れすぎてうっかり見落としているように、名前がぱっと出てこない。春に咲く、当たり前に町を彩る花。

人の出会いと別れで色づくような……薄い色合いの花だ。

その花びらに手を伸ばす。花びらは既にわたしを覆いつくそうとしていた。指先もあっという間に呑まれて、肌を伝い、そして吹き抜けていく。魚の群れが巨大な魚を描く童話を思い出す。

その花びらが散っていく向こうを覗こうとして、気づけば春の景色のまま、蟬の鳴き声が聞こえていた。

意識して思わず、足が止まる。まばたきの向こうには見覚えのある階段があった。右手側の壁を見上げて、ああ、って記憶を軽く撫でる。それから、春の花びらと蟬の声が合わさって、嚙み合わなくて、頭がグルグルになりそうだった。振り向いても、橋も川も見えない。

山もホテルもすっかり消えて、グラウンドの土の乾いた匂いが立ち込める。

ヤシロに化かされているみたいだった。

「んー……」

階段を上がって、そう……上がって扉を開けた先には。

春が途切れたように冷たいドアノブを摑んで回す。引いて開けた扉の向こうを、そっと覗く。

蟬の鳴き声の向こうの薄暗がりには、誰の人影もない。

「はて」

こういうときは、誰かいた気がするのだけど。

そうそう。

確か……えっと。

誰かが使った後のように用意された卓球台を手のひらでなぞる。少し粘つくような台の手触りはわたしの記憶の一部をくすぐる。すっかり眠っていたそれが土を掻き分けるように芽を覗かせた。その芽を待てなくてつい触れると、簡単に芽は取れて枯れてしまう。

壁際、窓からの日差しを避けるような位置。影が独立してそこに座るような錯覚に、目が戸惑う。

ここで待っていた方がいいのだろうか。前に誰かが来たような、そんな記憶がある。

いや、わたしが後から来たんだっけ。どっちでも、誰かとここで出会ったのは確かだった。

籠もり続ける熱と、首筋を流れる汗の温度を肌が覚えていた。

蝉の鳴き声が重く、頭を押さえつけるようだった。

でも。

「まっすぐ……まっすぐだったね」

真っ直ぐ進めば使われていない卓球台と壁があるだけだ。そこで途切れるのか、それとも。

歩幅を狭めながらゆっくり近づいていく。なにか起これ、起これーと祈りながら壁に寄っていく。なにも起こらなかったらごっつんこで亀みたいに転がって、そのまま起き上がれなくなりそうだった。おーい、と壁に声をかけながらじりじり距離が詰まっていく。

鼻の頭が触れるくらいのところまで来て、えい、と壁を押そうとする。

唐突に壁は取り除かれて、視界が一気に開ける。

音も増す。

爆発したような蟬(せみ)の増殖に、町で見つめていたままの青空。

着いた先は田舎の祖父母の家だった。花びらが屋根に載る様子を、少し距離を置いて眺める。

春にはこの家に来たことがなかった気がする。夏と、お正月の居場所。駐車場にわたしの家の車がない。間を塞ぐものがなく、古い犬小屋の青い屋根が見えた。

家の扉が開く。じいちゃんとばあちゃんが談笑しながら出てきて、わたしに気づく。

おぉ、なんて二人が笑う。

いらっしゃいって言われて。

うん、って言いそうになって。

二人の後ろに控える小さな影に、思わず駆け出しそうになる。

上がっていくかい？　って優しく聞かれた。

うん、ってまた言いそうになって。

しーまむーらさーん、って誰かに名前を呼ばれた気がした。

花びらが、淡く、わたしたちの間に降る。

「……ううん、行くところがあるから」

ここで留まっても、本当に、心からの幸せを感じるのかもしれない。

だけど、わたしは。

そうかい、って引き止めないじいちゃんとばあちゃんが無言で頭を撫でてきた。交互に、時々揃って。

喉がひきつって、ああ、今自分がどうなっているのかって顔の動きで分かった。

そのじいちゃんとばあちゃんの間を縫うように姿を見せた、小さな犬の前へ自然に屈む。抱き上げて、一度、ぎゅっと顔を寄せる。言葉は出なかった。変な、鳴き声のようなものが聞こえた。カラカラに乾いて、ひび割れた傷から血が滲むようだった。

腕の中からすり抜けていく感触を解き放って、少し前に出ると、あっという間に青空と田んぼが移り変わる。

花びらと共に訪れたのは二人で選んだマンションだった。次はこんなところだろうって思っていた。

寝室を一瞥して、隅に置かれたあざらしとセイウチとぞうのぬいぐるみに手を振る。

そして座り心地のよくて吸い込まれそうなソファーを蹴っ飛ばして、ただ真っ直ぐ歩いた。

目の前にあるのが窓で、ベランダで、空で、それでも躊躇はなかった。

空と地面のどちらを踏んでいるか分からない間に、景色は巡る。自分がどういう状況か、ここがどこかとか段々と身体の熱が高まるように分かってきて、そうなると次は墓でも見えてくるのかと身構えていると、すとんと視界が落ちる。

空は、いつの間にか遠くなり。

靴の裏は地面を確かに踏んでいた。

不確かな既視感は消えて、目が落ち着く。

輪郭をしっかり引いたように多くのものが安定して、その中を、わたしと一緒に舞い降りてきた花びらが舞踏する。

まったく見覚えのない場所だった。地元でも、大学近辺でも、移り住んだマンションでも、職場の周辺でも、スーパーの駐車場でも、旅行先でも、最後に住んだ部屋でもない。

半円のような形をした公園だった。梯子が緑で、滑り台は黄色く、柱は赤いとなかなかにファンシーな遊具が見える。役に立っているかも分からない低いフェンスの向こうには、見知らぬ町並み。予想と違う新天地が、穏やかな空気でわたしを出迎えた。

看板が入り口の近くに刺さっていて、でも字は掠れてすべてを読めない。

むら、とだけ読めた。

公園の中央には地面に影を植え付けるかのような巨木が陣取っていて。

その大きな木の側で、花びらと一緒に髪とスカートが揺れていた。

ふわりと、匂いと記憶が訪れる。

舌の先が震えて、自然とその言葉を口にする。

ああ、思い出した。

ずっと降りしきるそれは、その花の名前は。

けっこう、長かったね。

声が、花びらの向こうで跳ねる。静かに、ゆっくり、飛び立つように。

もちろんそれはとても嬉しくて、でも、待ち遠しかった。

同じ制服を着た、彼女がわたしを待ちわびていた。

彼女の声は、舞い散る花みたいに色づいて。

そこには確かに素敵も、安らぎも、優しさも、希望も、香りもあるのだった。

へ、とふ、と唇が次々に歪む。声まで歪んでなかなか形を成さない。

おどけるのも難しくてまるで、昔の彼女になったみたいだった。

「やったぁ、どっちも若い」

彼女がきょとんとする。それから、少し慌てたようにして。

「や、やったー」

ぎこちなく諸手を上げるその姿に、ああ、ってなった。心が高い場所に吊り上げられて、
身体まで跳ね上がっていくみたいに。

「このあたり、なかなか粋だよね」

うん。どっちの願望……？　欲望？　なんだろう？

「お互いにおばあちゃんになって、こっそりと相手の若い頃がよかったなーとか思ってたのかもね」

「私は、どんな見た目でも……す、好きだなぁ！」

「ほんと？　じゃあ今すぐおばあちゃんになってもいい？」

深い沈黙があった。どう見ても真剣に検討している。その正直さと生真面目さに、目尻が溶けるように緩んだ。

花びらが足下に積もるほどの時間が経ってから、恥ずかしげな声がひらひらと届く。

「わ、若い子でお願いします……」

「やっぱそうじゃん！」

わたしもだ！　と笑うと、向こうも釣られるように顔を上げて、安堵するように笑うのだった。

ひとしきり二人で笑い合ってから、ふと、喉と瞳が震えた。

「また、会えたね」

それがどちらが口にしたものだったのか、判然としない。

どちらでも本音でしかなく、なんの変わりもなかった。

「約束ね……」

声も言葉も、交わしたものもすべてがくすぐったい。
どこにも留まらなくてよかった。待っていても、会えるはずもなくて。
思い出の場所にいなくてもいい。
また一緒に、どこにでも行けばいいから。

「安達(あだち)」

と

「しまむら」

海に行こう。
海？
船を貰ったから、どこにでも行けるよ。
うん、行こう。
二人で、どこまでも。

◉入間人間著作リスト

嘘つきみーくんと壊れたまーちゃん
1〜11、『i』（電撃文庫）
電波女と青春男①〜⑧、SF版（同）
多摩湖さんと黄鶏くん（同）
トカゲの王I〜V（同）
クロクロクロック シリーズ全3巻（同）
安達としまむら1〜11（同）
安達としまむらSS（同）
安達としまむら99・9（同）
強くないままニューゲーム1、2（同）
ふわふわさんがふる（同）
虹色エイリアン（同）
おともだちロボ チョコ（同）
美少女とは、斬る事と見つけたり（同）
いもーとらいふ〈上・下〉（同）
世界の終わりの庭で（同）
やがて君になる 佐伯沙弥香について(1)〜(3)（同）
海のカナリア（同）

エンドブルー（同）
私の初恋相手がキスしてた1〜3（同）
探偵・花咲太郎は閃かない（メディアワークス文庫）
探偵・花咲太郎は覆さない（同）
六百六十円の事情（同）
バカが全裸でやってくる（同）
僕の小規模な奇跡（同）
昨日は彼女も恋してた（同）
明日も彼女は恋をする（同）
時間のおとしもの（同）
彼女を好きになる12の方法（同）
たったひとつの、ねがい。（同）
瞳のさがしもの（同）
僕の小規模な自殺（同）

エウロパの底から（同）
砂漠のボーイズライフ（同）
神のゴミ箱（同）
ぼっちーズ（同）
デッドエンド　死に戻りの剣客（同）
少女妄想中。（同）
きっと彼女は神様なんかじゃない（同）
もうひとつの命（同）
もうひとりの魔女（同）
僕の小規模な奇跡（アスキー・メディアワークス）
ぼっちーズ（同）
しゅうまつがやってくる！
-ララ終末論。Ⅰ-（角川アスキー総合研究所）
ぼくらの16bit戦争　-ララ終末論。Ⅱ-（KADOKAWA）

本書に対するご意見、ご感想をお寄せください。

ファンレターあて先
〒102-8177　東京都千代田区富士見2-13-3
電撃文庫編集部
「入間人間先生」係
「raemz先生」係
「のん先生」係

『Chito』『死間』『ムラ』『Abiding Diverge Alien』／TVアニメ『安達としまむら』Blu-ray&DVD 1～4巻特典小説

電撃文庫

安達（あだち）としまむら99.9

入間人間（いるまひとま）

◇◇◇

2023年11月10日　初版発行

発行者　山下直久
発行　株式会社KADOKAWA
〒102-8177　東京都千代田区富士見2-13-3
0570-002-301（ナビダイヤル）
装丁者　荻窪裕司（META＋MANIERA）
印刷　株式会社暁印刷
製本　株式会社暁印刷

●お問い合わせ
https://www.kadokawa.co.jp/（「お問い合わせ」へお進みください）
※内容によっては、お答えできない場合があります。
※サポートは日本国内のみとさせていただきます。
※ Japanese text only

※定価はカバーに表示してあります。

ISBN978-4-04-915347-7　C0193　Printed in Japan

電撃文庫　https://dengekibunko.jp/